Placeres ocultos

Placeres ocultos

Martha Carrillo

VERGARA

Placeres ocultos

Primera edición: abril, 2023

D. R. © 2023, Martha Carrillo

D. R. © 2023, derechos de edición mundiales en lengua castellana:
Penguin Random House Grupo Editorial, S. A. de C. V.
Blvd. Miguel de Cervantes Saavedra núm. 301, 1er piso,
colonia Granada, alcaldía Miguel Hidalgo, C. P. 11520,
Ciudad de México

penguinlibros.com

ISBN: 978-607-382-977-9

Impreso en México – *Printed in Mexico*

A Daniel y a Andrea
porque son mi mayor tesoro y bendición.
Los súper mega infinito.

Esta mañana

Sonó el despertador, me levanté entusiasmada, puse música, me metí a bañar y desayuné mientras pensaba que ese sería uno de los días más importantes en mi vida. En unas horas se definiría el futuro de uno de mis proyectos más anhelados. Con el corazón latiendo de la emoción, me dirigí a la oficina en la que lo presentaría, pero al llegar, en un solo instante mi realidad cambió de manera radical. Mi celular empezó a sonar constantemente. Al verlo, mi respiración se detuvo y en un segundo deseé la muerte. Ahí estaba yo en un video desnuda haciendo el amor con un hombre al que no se le vía el rostro. Colapsé. No sé cuánto tiempo pasó hasta que pude empezar a leer los cientos de mensajes que, a través de todas mis redes sociales y chats, habían saturado mi teléfono.

Jamás imaginé que a partir de ese día mi vida daría un vuelco de ciento ochenta grados, ni mucho menos que la semilla de lo que estaba viviendo no solo estaba impregnada de las decisiones que había tomado en el presente, sino que estaba determinada por lo acontecido muchos, muchos años atrás. Conocer la historia de Emilia, Yaya, Esther y Raquel, mis mujeres ancestrales, me hizo entender la raíz de esta dolorosa experiencia que me llevaría a un camino de transformación que nunca concebí, sin saberlo, todas ellas me habitaban.

Mi madre siempre decía que el alma estaba en la sangre y que, por eso, nuestros antepasados, a través de ella, definían nuestra vida. Era como si una misma chispa de aliento habitara en quienes forman parte de nuestro linaje y esta se transmitiera de generación en generación haciendo pactos, alianzas invisibles y repitiendo los mismos patrones sin siquiera estar conscientes de que, de alguna manera, todos con los que compartimos nuestro árbol genealógico son parte de nosotros, y que por ello nos sacrificamos a nivel inconsciente a prácticamente vivir las mismas experiencias con tal de ser fieles a nuestros antepasados, aunque en el camino se nos desgarre el alma, o incluso nos cueste la vida.

**Porque somos los que fueron,
los que somos y los que seremos.**

Raquel también afirmaba que en el ventrículo izquierdo del corazón se encuentra la semilla de resurrección, es ahí en donde se van acumulando una serie de improntas que son almacenadas con los momentos más importantes de nuestra existencia, y que, al morir, este espacio se expande, se ilumina y se nos permite ver la película completa de nuestra historia, justo antes de nuestro último respiro. Yo no me he muerto, al menos no físicamente, a pesar de que ese día en el que mi video sexual se hizo viral lo deseé con toda mi alma, pero Yaya, mi bisabuela, sí lo hizo y con su muerte pude comprobar que lo dicho por mi madre era cierto. En ese instante previo a habitar el "no tiempo" todo su ser tomó consciencia del precio tan alto que sus mujeres ancestrales y las que estábamos por llegar a su linaje tendríamos que pagar por atrevernos a vivir nuestros "placeres ocultos", al no haber hecho conscientes nuestras lealtades invisibles y no habernos dado el permiso de hacerlo diferente.

La Afrodita despierta

Mi bisabuela Yaya fue educada bajo los preceptos sociales y religiosos más recalcitrantes. Desde niña se le instruyó bajo las buenas costumbres de su época, en las que una mujer decente tenía que reprimir sus instintos sexuales y sus impulsos irracionales, si no quería ser señalada, juzgada y excluida de la sociedad. Pero el problema fue que ella nació siendo distinta. La gente decía que la habitaba el mal, porque desde muy joven causaba una atracción especial. Sus ojos negros de mirada profunda contrastaban con su piel blanca y con sus labios carnosos y rojizos, lo que la hacía robar las miradas de quienes se cruzaban en su camino. Sin duda, tenía una magia que atrapaba la atención de los hombres que la conocían. Sus padres le atribuían esto a su belleza física, pero no solo era eso, su secreto estaba en que desde corta edad no tuvo miedo a ser ella misma, ni a vivir más allá de los condicionamientos que su familia tradicional le había impuesto. Yaya había descubierto esa deliciosa sensación de tener los dos pies muy bien plantados en la tierra, pero con las alas bien extendidas, lo que la hacía ser misteriosamente única, al haberse tomado en su totalidad.

Sus padres, Antón y Emilia, se sorprendían al ver que era la única de sus hijos que, en cuanto el sol se ocultaba, corría a meterse a la cama. Ellos justificaban la acción diciendo que era una buena niña, comparada con sus hermanos varones, a quienes la energía marciana los hacía tan difíciles de controlar; en cambio, a ella, como buena venusina, por el simple hecho de ser mujer, la creían dulce, obediente y más fácil de manejar. Pero sus padres ignoraban que en ella se estaba gestando otro tipo de energía, una sutil, ligera y extremadamente sensual que Yaya había aprendido a priorizar y que la tenía a flor de piel desde que la había descubierto casi por un milagro. Entregarse a ella y sacar a la Afrodita, la diosa griega de la sensualidad y el amor, que la habitaba se había convertido en su mayor disfrute desde aquella noche, en que después de una gran comilona, su cuerpo colapsó. Una infección estomacal elevó su temperatura por encima de los cuarenta grados y, por miedo a que sufriera una convulsión febril, le quitaron toda la ropa, la sumergieron en agua fría hasta regular el calor que su organismo generaba y luego, después de secarla con una toalla suave, la depositaron desnuda entre las sábanas. Yaya jamás había sentido el roce de su piel con el algodón fino en el que siempre dormía. "¿Qué es ese extraño vibrar que percibo por todo mi cuerpo al contacto con la suavidad de la tela?", pensó.

Por supuesto, su madre jamás imaginó lo que sucedió aquella noche. El sueño la venció y ya no pudo estar más al pendiente de su hija, por lo que Yaya en total libertad comenzó a moverse entre las sábanas, a acariciarse con ellas, a rozar y a recorrer con sus dedos cada centímetro de su piel hasta que una sensación efervescente erotizó su ser; empezó a perder contacto con su entorno mientras sus manos tocaban sus pechos diminutos y viajaban por su abdomen plano rumbo a una tierra desconocida hasta ese momento. Un suspiro profundo cimbró su cuerpo cuando tocó su entrepierna. ¿Qué era esa sensación tan poderosa que la llevaba a palpar su divinidad? ¿Qué era esa sensación que la hacía percibirse como el placer encarnado? ¿Qué era esa sensación que la conducía al descontrol absoluto? Yaya, bañada con la luz de la luna que se asomó por la ventana como testigo, alcanzó las mieles de su primer orgasmo con un ligero y constante movimiento circular que sus dedos ejercían sobre su sexo.

A partir de ese momento. Yaya sería otra, había descubierto el placer que la hacía sentirse bendecida, plena y única, y eso era el "mal" que otros percibían al verla habitar su propia piel. Su andar era diferente al de otras mujeres y su olor emanaba erotismo. Yaya se atrevía a gozar el placer que muchas mujeres, incluyendo su madre, Emilia, no se daban el permiso de experimentar. Por desgracia para ella, con los años, lejos de ser una bendición, el placer se volvió una especie de maldición que permeó en su interior la culpa, el remordimiento y la convicción de haberse convertido, por los placeres ocultos vividos, en una total y absoluta pecadora.

La venta

Pero como en todo, siempre hay un principio. La vida de Yaya inició con la unión de mis tatarabuelos: Emilia y Antón.

Emilia se casó con Antón por un acuerdo familiar. En los primeros años del siglo pasado ni el amor romántico ni la atracción física eran factores determinantes para un matrimonio. Lo único que importaba era la suma de capitales, la perpetuidad de los apellidos y, sobre todo, la garantía de que las clases sociales no se mezclarían. Por otro lado, su madre, doña Clara, le había inculcado que los varones preferían a las mujeres mansas para casarse, porque las bravas eran difíciles de domar y siempre salían huyendo de ellas. Le aseguró que, entre más bonita, educada y calladita fuera, su futuro estaría garantizado al tener a un hombre que la mantuviera y se hiciera cargo de ella.

Así que con un acuerdo matrimonial ambos ganaban: Antón aseguraba formar una familia con alguien de buena clase y Emilia, por cuidarlo, atenderlo y darle hijos, adquiriría de manera automática honor y reconocimiento social. A nadie le importaba cuáles eran los verdaderos deseos que ella tenía: como su fascinación por tocar piano o su sueño de algún día conocer otros lugares. Por el simple hecho de haber sido elegida como pareja de un hombre debía renunciar a cualquier otra motivación que no fuera la de construir un hogar. Además, se esperaba que estuviera agradecida y se considerara muy afortunada por ocupar el tan importante rol de esposa y madre de unos hijos que llegarían con el tiempo, aunque en la intimidad, la insatisfacción habitara su lecho nupcial.

Él era treinta y un años mayor que Emilia, y su experiencia sexual estaba basada en su trato con las prostitutas, quienes con tal de obtener una buena propina le habían hecho creer que era un gran amante, a pesar de ser un eyaculador precoz que era incapaz de mantener una erección por más de un minuto con diecisiete segundos. Una de las prostitutas acostumbraba contar cuánto tiempo duraba su cliente antes de venirse. Esta fue la única forma que esa mujer encontró para mantener su mente ocupada y distraerse de la desagradable sensación que le ocasionaban las carnes obesas de Antón sobre su cuerpo.

Antón había sido educado de manera misógina, en su mente solo había dos tipos de mujeres: las que son para casarse y con las que podía desahogar sus instintos y bajas pasiones. Aunque en la cama las trataba prácticamente de la misma forma, como si fueran vasijas sin fondo en las que depositaría su apreciado semen, olvidándose por un minuto diecisiete segundos del mundo rutinario en el que vivía. Sin embargo, sí había una diferencia en su elección: a las mujeres a las que les pagaba por sus servicios sexuales las prefería de tetas grandes y culo ancho, mientras que para casarse optó por alguien de complexión delgada, pechos chicos y cadera ligeramente marcada, tal y como era Emilia, porque no quería que su esposa llamara la atención de ningún otro hombre.

El cuerpo de Emilia se había quedado atrapado en el de una adolescente que jamás se desarrollaría, quizá fue la reacción natural que tuvo su ser ante el impacto de haber sido vendida a Antón cuando ella tenía escasos quince años. Su padre la había obligado a comprometerse con el exitoso empresario para asegurar su sociedad. La inversión de un buen capital en su negocio tabacalero a cambio de desposar a su virginal primogénita resultaba un gran trato. Su doncellez era su principal atributo y era de gran valía. Así que, por entregar a su hija a su nuevo socio, se hinchó de dinero y Emilia se convirtió en una distinguida mujer de sociedad, a pesar de que habría dado la vida porque su primera pareja hubiera sido alguien de ropajes mucho más sencillos.

Emilia guardaba un secreto: desde los trece años había estado enamorada del hijo del panadero del pueblo, un muchacho de ojos cafés y piel canela que contrastaba con la piel blanca que ella tenía. En sus breves encuentros a través de la reja de la ventana que daba a la calle, sus manos lograban rozarse cuando Felipe le traía como una prueba de su amor un pan glaseado que él mismo horneaba todas las tardes. Emilia no entendía por qué su sexo se mojaba con el ligero contacto que hacían sus dedos al entregarle el pan, pero lo que sí le quedaba claro era que deseaba estar con ese joven. Lo que le provocaba su cercanía, su olor, su presencia, era indescriptible. Muchas veces lo imaginó tomando el lugar de su dama de compañía, mientras ella se colocaba en su espalda para desanudar el corsé que marcaba su breve cintura. Con solo cerrar sus ojos podía sentirlo deslizando poco a poco la agujeta de seda y haciendo caer sus ropajes finos hasta dejarla en su ligera y traslúcida ropa interior de algodón, que a contraluz permitía entrever sus bellas formas, para después cargarla y meterse con ella a la tina de agua tibia en donde permanecerían solo pegando sus rostros y rozando sus labios, como lo hacían noche tras noche al verse a escondidas.

Solo que para la sociedad del pueblo mágico de Valle del Ángel, en donde nació Emilia, cualquier posibilidad de deseo femenino era considerado un pecado; esta creencia comenzó a angustiarla de tal forma que decidió darle paz a su alma confesándole al párroco amigo de la familia su incapacidad para contener sus instintos. El sacerdote horrorizado calificó como indigna e inmoral su conducta y le impuso como penitencia cincuenta padres nuestros todos los domingos del año por semejante atrevimiento.

Por supuesto los rezos no sirvieron de nada. Emilia no estaba dispuesta a renunciar a lo que sentía por ese muchacho, así que decidió mentirle al padre asegurándole que gracias a la plegaria se había alejado de la tentación, para poder en secreto seguir alimentando su amor hacia Felipe.

Todo parecía transcurrir en armonía entre ellos; sin embargo, la ilusión que su corazón sentía cuando a las siete de la noche Felipe le avisaba con un leve chiflido que estaba esperándola afuera del balcón, le fue arrancada desde la raíz cuando en lugar del silbido cayó un estrepitoso trueno, presagio de una lluvia torrencial que impidió que Felipe pudiera llegar a su encuentro, pero no así Antón Monreal quien, resguardado del agua, iba en su carruaje rumbo a la casa de la familia Valtierra con el único fin de conocer a la mujer que desposaría unas semanas más tarde a cambio del dinero invertido en el negocio de su futuro suegro.

Poco importó la negativa y los llantos de Emilia, quien se atrevió a decirle a su madre que, a pesar de los oros que Antón aportaría a la familia, no quería casarse con él. Una cachetada bien puesta fue suficiente para que le quedara claro que su destino no le pertenecía. Su madre le explicó que por ser mujer su deber era ayudar a acrecentar la economía familiar y que su sacrificio sería compensado con el prestigio que le daría convertirse en la esposa por todas las leyes de un señor tan adinerado.

Acongojada, por el rechazo natural que sintió con solo saludar a Antón y observar su poco pelo, sus dientes amarillos y el gran volumen de su abdomen, pensó en huir. Escribió una nota de auxilio y le encargó a la mujer de la limpieza que se la entregara a Felipe.

Mis padres me quieren obligar a casarme con don Antón.
Llegó el momento de huir. Te veo el domingo después de misa.
Tuya, Emilia.

Ambos sabían que su relación jamás sería aceptada: ella era rica, él pobre; ella blanca, él moreno; ella acostumbrada a que le sirvan y él acostumbrado a servir. Conscientes de que sus familias jamás avalarían su unión, planearon escapar en cuanto Felipe ahorrara lo suficiente. Emilia le había hecho saber que tenía acceso al dinero y las joyas de la familia y que estaba dispuesta a robarlos para fugarse a su lado, pero Felipe, asumiendo su rol masculino, le dijo que jamás aceptaría que ella lo mantuviera, porque eso le tocaba a él. Así que decidieron esperar un poco más para reunir una cantidad considerable que les permitiera empezar una nueva vida juntos en un lugar lejos de Valle del Ángel, pero el tiempo se les había acabado.

A pesar de la ilusión con la que envió el mensaje a Felipe, quién pagaba el sueldo de la empleada doméstica no era Emilia, así que la sirvienta traicionó su confianza y, para asegurar un buen aumento de sueldo, entregó la nota a sus padres, quienes, ante el temor de que su única hija los deshonrara huyendo con un don nadie, tomaron medidas drásticas.

Sin más, Clara entró a la habitación de Emilia junto a algunos hombres del servicio que traían gruesos tablones de madera, martillos y clavos para tapear las ventanas e impedirle escapar a través de ellas. Mi tatarabuela no entendía por qué su madre ordenaba a los trabajadores cubrir hasta el más mínimo hueco hacia el exterior, aún no se daba cuenta de que la intención era evitar cualquier contacto con Felipe. En cuanto los empleados terminaron el trabajo, Clara les dio la orden de salir y, enérgica, cuestionó a su hija hasta dónde había llegado su pecado con el hijo del panadero. Emilia cayó en cuenta de la traición de la que había sido presa y por supuesto no le habló a su madre de sus fantasías pecaminosas, solo mencionó los encuentros tras las rejas que había tenido con su enamorado. Al saber que todo se reducía al intercambio diario de pan y algunos ligeros besos, el alma de Clara descansó, la virginidad de su hija aún mantenía su valor. Acto seguido, le dijo con frialdad que se mantendría entre cuatro paredes hasta nuevo aviso y salió, poniendo doble llave a la puerta, ante las súplicas de libertad que su hija le imploraba. Pero Clara, ¡qué sabía de eso! Al igual que a su hija, sus padres la habían casado con quien convenía a la familia, así que ella solo conocía ese camino.

Conforme pasaban los días, Emilia se dio cuenta de su triste y deplorable destino y ni su imaginación pudo ayudarla a sobrellevar esos momentos, le era imposible recrear la imagen de Felipe y mucho menos encender su cuerpo. Su alma, que ansiaba ser libre para poder amarlo, empezó a desmoronarse.

El día que marcaría su infelicidad llegó, su madre y la dama de compañía entraron a la habitación con el majestuoso vestido de novia. Al verlo se paralizó y la respiración se le entrecortó. Casi perdió el conocimiento, pero las sales puestas justo debajo de su nariz la hicieron reaccionar de inmediato. A pesar de su negativa, la metieron a bañar en agua de rosas y la embarraron con crema de canela y miel, querían entregarla a su futuro marido envuelta en olores que despertaran su apetito carnal. Emilia imploraba que evitaran la boda mientras era imposible maquillar su rostro por las lágrimas que no dejaban de recorrer sus mejillas, pero parecía que Clara no tenía sentimientos ni la menor empatía. Solo amenazó con firmeza: "Te callas y dejas de llorar o te floreo la boca de un solo golpe". Nada se podía hacer, su camino estaba trazado.

El lecho nupcial

Vestida de blanco y aún con los ojos llenos de lágrimas contenidas, Emilia llegó a la iglesia arrastrada por su progenitor para celebrar el conveniente enlace matrimonial. Un suspiro se congeló en el aire cuando, detrás de una columna, vio a su amado Felipe, que impotente sería testigo de su unión con otro hombre. Emilia buscó la mirada de su madre pidiéndole que la salvara e impidiera esa boda, pero Clara se mantuvo y estoica dio la orden a los músicos de empezar a tocar la marcha nupcial.

Más tardó Emilia en caminar a lo largo del pasillo central de la iglesia hacia el altar, que el padre David en concretar la unión. No se trataba de amor, ni de un compromiso del corazón, sino de una especie de condena perpetua mientras ambos estuvieran con vida, así que no era necesario hacer una ceremonia eterna. El sacerdote ni siquiera le preguntó si quería casarse con Antón, ya había sido advertido por los padres del riesgo de una rebeldía pública, así que obvió el protocolo eclesiástico y se conformó con una buena limosna que aseguraría varios meses su bienestar, por solo decir: "Los declaro marido y mujer. Lo que Dios ha unido que no lo separe el hombre".

Con estas palabras el destino de Emilia quedó marcado. Al salir de la iglesia vio a Felipe por última vez, su dolor era insostenible, pero no le estaba permitido amar a quien ella eligiera y tuvo que reprimir las emociones que la ahogaban.

Hortensia, su suegra, fue la encargada de preparar el lecho nupcial, quería estar segura del honor de la mujer que desposó su adorado hijo. Mandó comprar sábanas blancas de satín que trajeron desde Francia y las colocó alisándolas a la perfección con una plancha de carbón. Así, mientras los invitados tomaban vino, degustaban bocadillos, reían y bailaban, Antón no esperó más. Llevó a su recién esposa a la habitación principal y en cuanto cerró la puerta y puso el cerrojo, le arrancó de forma salvaje el vestido de novia, la aventó a la cama, la abrió de piernas y la penetró. En unos segundos la hizo suya ante el grito de dolor de la pobre adolescente a la que sin ninguna preparación le fue arrancada su inocencia. Antón no tuvo el menor tacto, ni ternura, ni siquiera una palabra cariñosa, solo dejó salir su deseo bruto de poseerla. Rompió su récord y en menos de treinta y ocho segundos eyaculó dentro de ella.

Por supuesto Hortensia, quien veía todo por el orificio de la cerradura de la puerta, en cuanto vio a su hijo levantarse satisfecho de la cama e ir al baño, tomó el duplicado de la llave y entró a la habitación sin pedir permiso. Emilia tenía los ojos llenos de lágrimas y aún su rostro reflejaba el impacto de la desagradable y dolorosa experiencia que acababa de vivir, su marido prácticamente la había violado, pero eso poco importó. La mujer jaló la sábana y constató que solo había una leve gota de sangre. Se le quedó viendo y la cuestionó: "¿Qué es esto?".

Ella esperaba que las ropas de la cama quedaran empapadas con el líquido corporal, símbolo de su pureza, y no fue así.

—No sé, señora mía —Emilia contestó con una voz que apenas se podía oír.

Aún sentía un ardor profundo en su sexo que no lograba entender, porque no hubo nadie que le explicara lo que viviría esa primera noche con su marido.

Hortensia escuchó jalar la cadena del inodoro, así que le quedaban pocos segundos para enfrentar a la mujer que yacía en la cama. Con coraje le propinó una bofetada.

—¡Eres una descarada! ¡Cómo fuiste capaz de revolcarte con el hijo del panadero! Pensaste que no me enteraría, ¿verdad? —la cuestionó zarandeándola al tomarla de los brazos mientras Emilia lo negaba.

—No, eso no es verdad —dijo vehemente.

—¡A mí no me vas a engañar! ¡Eres una mujerzuela!

Le escupió en la cara y abandonó la habitación antes de que Antón saliera del baño.

Desde ese día, Hortensia jamás le volvió a dirigir la palabra a su nuera. Nadie le quitaría de la cabeza que esa era una mujer malsana y que su hijo había cometido el peor error de su vida al casarse con una fémina infiel y traicionera.

Todo había ocurrido tan rápido que Emilia no sabía ni qué pensar, solo sentía un gran malestar, su cuerpo estaba totalmente contraído. Al ver regresar a su recién esposo, tuvo miedo de que volviera a meterse a su cama y la poseyera con violencia de nuevo, pero él ni siquiera la miró, tomó su ropa y se vistió con rapidez.

—¿Qué esperas? Vístete ya. Tenemos que brindar y bailar con los invitados —le ordenó su marido.

Antón salió. En la puerta estaba esperándolo el gobernador, quien lo palmeó en la espalda y lo felicitó por haber hecho valer sus derechos maritales y con ello marcar a su mujer como un objeto de su propiedad. A partir de ese día, Emilia, ante la sociedad y el mundo entero, solo sería de él.

Mientras tanto, en cuanto Emilia se quedó sola, se giró de lado y se abrazó a sus piernas en posición fetal, justo en ese momento un borbotón de sangre surgió de sus entrañas y se expandió por toda la cama. De haber entrado su suegra en ese momento se habría sentido feliz y orgullosa de la proeza de su primogénito y habría comprobado la candidez de su nuera. Pero no fue así.

La rabia ante el engaño que estaba segura su hijo había sufrido, provocó que Hortensia mandara golpear al hijo del panadero de una forma tan sanguinaria que en su último suspiro solo pudo pronunciar el nombre de Emilia, mientras su cuerpo quedaba sin vida tendido en plena calle. Hortensia no sintió ningún remordimiento, estaba convencida de que de esa manera evitaría cualquier posibilidad de que la mujer con la que ahora compartiría su ilustre apellido volviera a caer en tentación. Cuando Emilia se enteró de lo sucedido, el corazón se le rompió en mil pedazos, enfrentó a su suegra reprochándole su actuar, pero ni aun en ese momento Hortensia pronunció palabra, solo la miró con frialdad, siguió su paso y la dejó desolada llorando su pesar.

Conforme los días fueron pasando, la insatisfacción y el desamor terminó por penetrar en su piel, y su corazón se fue endureciendo. Su cuerpo congeló las sensaciones y su sexo se marchitó. Antón desfogaba su sexualidad con las prostitutas y solo en la época en la que tocaba engendrar un nuevo hijo la montaba como a una yegua que requiere ser preñada. Por fortuna para Emilia, era una mujer fértil, así se ahorró otras violaciones, ya que su cuerpo, con toques infantiles, poco prendía a su marido.

En total tuvo cinco hijos. Yaya, de quien se quedó embarazada el mismo día de su boda, y cuatro hombres más. Pocos descendientes para la época, pero suficientes para cumplir con la sociedad, ya que a este número se le sumaron tres abortos espontáneos. Estos también contaban, en tanto que su principal función como mujer era la maternidad.

Eso sí, no disfrutó de ningún orgasmo con su esposo. Él siguió siendo un pésimo amante y al meterse a la cama, con quien fuera, lo único que buscaba era su propia satisfacción. Emilia nunca había experimentado la cumbre del placer con él, no era algo que anhelara, aunque en sus adentros seguía extrañando el vibrar que había sentido con otro hombre.

La pecadora

Con una madre como en la que se convirtió Emilia, era difícil que una niña como Yaya fuera comprendida. Mientras el cuerpo de Emilia se apagaba y dejaba de sentir, el cuerpo de Yaya florecía y se conectaba a la vida, porque desde aquel instante en el que se autodescubrió, no dejó de tocarse y recorrerse una sola noche, con la luna como cómplice de su mayor secreto.

Yaya se sentía plena con su vida y estaba acostumbrada al cuchicheo que las mujeres generaban a su alrededor al percibir con envidia el efecto que provocaba en los hombres, quienes encontraban prácticamente imposible no desearla, el olor sutil a sexo despertaba sus instintos. Antón, al darse cuenta de las miradas lascivas que su primogénita provocaba, se hizo consciente de que había llegado el momento de que su hija tomara el mismo camino que transitó Emilia para formar una familia. Había que encontrarle marido.

Por supuesto que su madre estuvo de acuerdo, respiró aliviada al pensar que su hija garantizaría su futuro al estar protegida y recibir el apellido de un hombre que la avalara y le diera un lugar en la sociedad, así que apoyó la moción de su esposo, aunque él le hubiera buscado consorte a su primogénita aún sin su aprobación.

Al saberla artículo casadero, las familias pertenecientes a la clase alta de la sociedad de Valle del Ángel de inmediato postularon a todos sus solteros y a uno que otro viudo para desposar a

Yaya. Ella venía acompañada de un apellido de abolengo, de una cuantiosa dote y de la entrada a la familia Monreal, lo que les garantizaba una posición social envidiable.

Emilia estaba dedicada por completo a su labor de madre y pensó que la boda sería la culminación a su buen desempeño como mentora, porque había enseñado a Yaya a cocinar, bordar, tejer, pintar…; la adoctrinó a la perfección en las reglas de convivencia y etiqueta, y la metió a clases de música, lo que hacía que Yaya tocara el violín con maestría. Socialmente no cabía ninguna crítica para ella, solo que mi tatarabuela desconocía que mi bisabuela llevaba una doble vida: de día era la mujer perfecta, pero de noche se entregaba al gozo de los placeres ocultos.

Así que al comunicarle a Yaya que había llegado el momento en el que su vida daría un giro y abandonaría su amada soltería, su esencia se rebeló. Sus alas internas se habían desplegado de tal manera que ella estaba convencida de no querer ser sometida ni poseída por nadie, y mucho menos por un hombre elegido por los miembros de su clan. Hasta entonces había sido la hija más dócil, pero al saber que sus padres tenían otros planes para ella, su ser se sublevó de inmediato dejando atónita a Emilia ante su negativa.

—Elegimos la mejor opción para ti. ¿Cómo es posible que no quieras contraer nupcias? Los Zúñiga Escalante son una de las mejores familias de Valle del Ángel y sus alrededores. Son ricos, mantienen las buenas tradiciones y sostienen una excelente relación con el clero. Deberías sentirte honrada de casarte con su primogénito —aseguró Emilia, quien después de haber padecido por elección de sus padres a una pareja bastante mayor y tan desagradable, al menos tuvo la gracia de inducir a su esposo, de forma sutil pero efectiva, a seleccionar para su hija un hombre igual de rico, pero más joven y agradable.

—Yo no quiero casarme, madre, ni con Braulio ni con ningún otro hombre —dijo Yaya muy segura.

—No sabía que preferías consagrar tu vida a Dios y vivir el resto de tu vida en un convento.

Yaya negó de inmediato.

—No, yo no quiero ser monja.

Por supuesto que lo último que mi bisabuela quería era tomar el camino del Señor, reprimir su sexualidad y vestir un hábito negro el resto de su existencia, pero tampoco quería desposarse por el simple hecho de garantizar un lugar en la sociedad.

—Si no quieres tomar los hábitos, entonces tu camino es el de esposa —dijo Emilia.

—Lo siento, pero yo no quiero ser esposa ni madre —afirmó Yaya contundente.

Emilia volteó horrorizada.

—Hija, no sabes lo que dices. Además, no te toca a ti elegir, para eso estamos nosotros. Tu padre ya escogió a Braulio Zúñiga Escalante para que sea tu marido y el padre de tus hijos —aseguró Emilia como si no hubiera prestado atención a las palabras de Yaya.

Braulio era educado, de físico agradable y en apariencia un buen hombre, pero Yaya era fuego interno y ella deseaba vivir mucho más que una relación acordada por los usos y costumbres de una época. No le quedaba claro cómo lo haría, no contaba con ninguna referencia en su entorno, pero lo que sí sabía era cómo "no" quería vivir. Ella no deseaba seguir los mismos pasos de su madre ni de las mujeres que veía a su alrededor, dedicadas a obedecer las reglas impuestas por sus maridos.

Hubo varios intentos de encuentro con su futuro consorte, pero siempre se las ingeniaba para evitarlo, fingiendo un sinfín de malestares. Pero no contaba con la astucia de su padre, que ante el temor de que su hija echara a la borda sus planes, contrató a un doctor de planta que atendiera sus síntomas de inmediato, así que las jaquecas, los dolores estomacales y los vahídos quedaron atrás. Yaya no tuvo más remedio que conocer a Braulio y seguir con el protocolo establecido.

Al verlo, no sintió desagrado, era un hombre de veintiocho años, delgado, de pelo y barba negros, de ojos cafés y profundos, y de labios delgados, pero que no le provocó absolutamente nada, platicar con él era lo mismo que hacerlo con alguno de los trabajadores de la hacienda. En contraste, Braulio quedó hechizado con la belleza de Yaya y no tuvo ninguna duda de que la señorita Monreal era un buen material casamentero y la mujer a la que quería tener en su cama. De inmediato dejó claras sus intenciones de formalizar con ella, ante la cara de horror de Yaya y el beneplácito de Emilia y Antón.

Desesperada por esta situación, Yaya pidió el apoyo de su madre.

—Madre, ayúdeme a cancelar la boda. A usted la obligaron a casarse con mi padre y le suplico que no haga lo mismo conmigo.

Emilia se desconcertó, no sabía cómo su hija conocía de su rebeldía.

—¿Quién te dijo eso? —Yaya pensó con rapidez y contestó—: Un día oí a la abuela Clara contárselo a su comadre Teresa.

Emilia se tensó, con qué argumentos podía hacerla obedecer si ella sabía que tampoco había querido casarse con su padre.

—Seguro oíste mal y no era de mí de quien estaban hablando —dijo Emilia evadiendo.

Yaya no pudo argumentar más. Lo que había asegurado era mentira, a quien ella había oído hablar de la negativa de su madre era a Tomasa, la cocinera. Ella había estado chismeando sobre esto con otra de las sirvientas y si se lo decía a Emilia corría el riesgo de que se enojara y terminara poniendo a las dos empleadas domésticas de patitas en la calle.

—Si no fue así, eso no cambia lo que yo siento, por favor, madre, libéreme de mi boda.

—Hija, ¿cómo me pides eso? Un buen matrimonio es una bendición —aseguró Emilia olvidándose de que su hija había dicho la verdad y de que ella llena de angustia había hecho la misma petición a su madre.

Yaya se le quedó viendo y sin dudar lanzó el dardo:

—Antes de casarme prefiero quitarme la vida —dijo Yaya decidida, mientras su padre, que llegaba a la hacienda, alcanzó a escuchar su protesta.

—No faltes a nuestro Señor de esa manera. Dios es el único que puede decidir el día de tu muerte. No sé por qué de pronto te has vuelto tan rebelde. Tú no eras así —afirmó Emilia.

—Porque no deseo unirme a nadie. No quiero estar atada a la voluntad de mi marido, como lo está usted, madre —dijo enfática Yaya.

Emilia sintió un balde de agua fría, en el fondo sabía que su hija tenía razón, pero aun así había una creencia que imperaba en esa época:

—No te vas a quedar sin un hombre. Una mujer solo tiene valor al lado de su esposo —aseguró Emilia.

—Lo siento, madre, pero el valor me lo doy yo y no necesito a ningún hombre que me lo dé —insistió Yaya.

Yaya era una mujer adelantada a su tiempo, pero, en ese momento, el serlo le jugaba en contra y su padre Antón se lo hizo saber. Llegó hasta ella, la tomó por los brazos, la levantó y la zarandeó en el aire mientras vociferando le hablaba a la cara con un terrible aliento a tabaco.

—Ándate a la chingada con semejantes tonterías. Ya me tienes harto. Tú no eres nadie sin un marido y yo no me voy a hacer cargo de ti toda la vida.

Le dijo mientras la miraba con furia y continuó.

—Date de santos que un hombre te ha aceptado como su esposa. Así que amánsate, que vas a hacer lo que yo te ordene. Eres mujer y tu obligación es obedecerme.

Antón dejó caer al piso a Yaya, quien tuvo que guardar su rabia ante tal agresión, se levantó conteniendo las lágrimas de impotencia y corrió a su habitación, necesitaba sacar su coraje. Entró a su recámara, puso llave, se despojó de sus ropas y desnuda inició una danza que le permitió depurar el odio que sentía, su cuerpo se movía al compás de unos tambores imaginarios que la mantuvieron en movimiento durante horas. Sus carnes parecían expresar el dolor, la frustración y el enojo acumulados por muchas generaciones de mujeres a las que se les había arrebatado su voz y su voluntad. Exhausta se tiró en la cama y se tocó mil veces hasta hacer sangrar su sexo, necesitaba sentirse dueña de sí misma.

Por otro lado, en cuanto terminaron de discutir, Antón salió de nuevo de la hacienda y se dirigió de inmediato a la de los

Zúñiga Escalante. Ahí, sin tomar en cuenta los deseos de Yaya, Braulio y él pusieron fecha para la ceremonia religiosa que uniría la vida del hacendando y la de su hija para siempre. Él sabía que, si no la comprometía y casaba antes de la mayoría de edad, Yaya sería encasillada como una mujer quedada para vestir santos y se convertiría en una vil solterona mal vista por la sociedad de Valle del Ángel por no haber sido capaz de hacer que ningún hombre se comprometiera con ella.

Cualquier otra de las mujeres de su época habría aceptado gustosa el compromiso matrimonial con Braulio Zúñiga Escalante, pero no Yaya, quien se sentía poderosa e independiente al haber convertido en maestría sus artes autoamatorias.

De regreso, Antón increpó a Emilia y le hizo ver que la actitud de Yaya era culpa de ella por no haberla sabido educar. Eso para una madre era la peor de las ofensas, así que intentando componer a su hija, desesperada la mandó de inmediato con el padre David, para ver si él lograba amansar sus aguas internas y apaciguar el carácter que ahora mostraba al haber dejado de ser la muchacha linda y condescendiente que había sido por tantos años.

Casi le da un infarto al sacerdote cuando Yaya, con toda seguridad y ligereza, le confesó su sabiduría sexual. El cura empezó a hiperventilar mientras escuchaba los relatos nocturnos que había gozado desde la preadolescencia y la afirmación clara de querer ser una mujer libre y no atada a la exigencia de la época en la que la obligaban a ser esposa de un señor por el que no sentía la más mínima atracción. El eclesiástico salió del confesionario sin darle la absolución, fue a la pila bautismal, tomó agua bendita entre sus manos y, como si la exorcizara, lanzó el líquido sobre ella, mientras aseguraba que había sido tentada por el mal y que había sucumbido en las redes de los ángeles caídos.

Dentro de sus creencias religiosas el padre no podía concebir que una mujer decente, educada bajo la fe católica y las buenas costumbres, se diera por sí misma satisfacción sexual, eso de inmediato la convertía en una pecadora y la instrucción precisa que debía seguir, según las altas esferas del episcopado, era la de reprimir por completo esa conducta licenciosa. Por fortuna para Yaya, existía el secreto de confesión y el padre no podía decirle a nadie lo que ella le había contado bajo el sigilo sacramental. Eso sí, cada domingo que ella entraba a misa, el padre se las ingeniaba para pasar cerca y, con una mirada enjuiciadora, volver a verter agua bendita sobre ella con la idea de expiarla de sus pecados; además le dejaba incontables rezos como penitencia después de la obligada confesión. Pero esto de nada sirvió, Yaya no hizo ninguna penitencia, no tenía planeado adaptarse a los convencionalismos sociales y religiosos ni renunciar a sus placeres ocultos.

El otro

A pesar de su negativa para contraer matrimonio, los planes siguieron en marcha. Yaya podía ser libre en su interior, pero no le era concedido el privilegio de tomar decisiones, aunque estas afectaran su propio destino. Conforme se acercaba la fecha de la boda, la rabia que sentía ante tal injusticia se apoderaba cada día más de ella. A diferencia de Emilia, mi bisabuela jamás se resignaría, su temperamento era otro, por lo que la única manera de sobrellevar la situación era encerrándose en su habitación para darse placer corporal, o para arrodillarse ante la imagen de Dios y suplicarle que la liberara del yugo de su padre y de su futuro marido.

Para su sorpresa, parecía que el Señor la había escuchado, al menos eso fue lo que pensó cuando su padre enfermó del corazón y hubo que posponer la ceremonia a tan solo unos días de que esta se llevara a cabo. Yaya volvió a sonreír, creyó que este era un buen augurio, y que si tenía suerte y Antón agravaba, como el médico familiar pensaba que sucedería, quizá nunca tendría que casarse.

Para Braulio fue la peor noticia, estaba ansioso por consumar su matrimonio, el deseo por poseer a esa mujer lo tenía trastornado, no podía pensar en otra cosa que tenerla en su lecho. Durante el tiempo de espera su anhelo fue incrementando. La visitaba todos los días a las ocho de la noche imaginando que en alguno de esos encuentros podría al menos robarle un beso o rozar la piel de la mujer que ya consideraba de su propiedad. No obstante, Yaya quien estaba muy lejos de sentir lo mismo, se aseguró de siempre tener frente a ellos a su dama de compañía que fungía como chaperona y guardiana de su doncellez, porque su himen permanecía intacto. Sus orgasmos no tenían nada que ver con su vagina, que era hasta ese momento un terreno no visitado por ella. Seguramente Freud se habría vuelto a morir si la hubiera conocido; para el padre del psicoanálisis, la sexualidad femenina solo era plena si el orgasmo se generaba a través de la vagina, el clitoriano era considerado casi como un orgasmo de segunda. Yaya feliz le habría demostrado lo contrario, lástima que no coincidieron en esta vida.

Patricio, el hermano menor de Braulio, vivía en el norte del país y él sería el testigo principal del enlace matrimonial, pero ante la suspensión de la boda tuvo que permanecer por tiempo indefinido en Valle del Ángel esperando a que esta se realizara. Braulio y él tenían una excelente relación, eran buenos compañeros de vida y compartían el exitoso negocio de la producción de algodón. Desde su arribo ansiaba presentarle a su futura esposa, pero Yaya había encontrado diversos pretextos para que esto no sucediera. No tenía el mínimo interés de fomentar la relación con un miembro de una familia política que quizá nunca llegaría a serlo, porque su padre continuaba sin recuperarse del todo y ella seguía albergando la esperanza de que su matrimonio se suspendiera de manera definitiva.

Sin embargo, Braulio no pensaba igual y comenzó a presionar a Antón para volver a ponerle fecha a la boda y, aunque todo dependería de lo que dijera el médico esa tarde, quedaron de cenar en la noche para platicar sobre el tema. Braulio de inmediato aprovechó para invitar a Patricio a conocer a la mujer dueña de sus más íntimos deseos, sin saber lo que sucedería.

La luna ya visitaba el cielo y Yaya comenzó a sentir la inquietud y el deseo de ir a su habitación a darle deleite a su cuerpo, cuando su prometido llegó a la hacienda acompañado del que sería su cuñado. Al saber de su presencia, Yaya frustrada tuvo que reprimir sus ganas e ir a conocerlo. Para su sorpresa, en cuanto estuvo frente a él, con el solo cruce de sus miradas y el beso que le dio en la mano, experimentó un hormigueo que recorrió todo su ser, era una sensación muy similar a la que advertía en el preámbulo de sus juegos eróticos. A Patricio le sucedió lo mismo, por un instante sus miradas se encontraron y contuvieron la respiración, como si lo único que existiera fueran ellos dos. Braulio rompió con el momento al tomar a su prometida del brazo y conducirla a la sala. Patricio y ella solo dibujaron una leve sonrisa en su rostro y reprimieron sus instintos. No había manera de dejar fluir esa energía que ambos sintieron.

Para Yaya era una experiencia nueva que no podía explicar, nunca nadie, más que ella misma, había despertado su deseo carnal. Para Patricio, ella era una mujer prohibida. Braulio y él compartían la misma sangre y tenía muy claro que no podía desear a la mujer de su prójimo. Patricio debía respetar a su futura cuñada, así que solo admiró su belleza, respiró su aroma y puso bajo llave el deseo que se había despertado en él desde el primer instante en el que la vio. Durante la velada, ambos evitaron cualquier contacto visual para tratar de ocultar el magnetismo que sentían, porque de verse o dirigirse la palabra, todos lo notarían. Era mejor evadirse.

Yaya era una mujer tan conectada con su cuerpo, tan venusinamente terrenal, que durante el convivio, mientras todos charlaban, se ensimismó y se percató de cómo su sexo se humedecía ante la sola presencia de Patricio y derramaba sus mieles sobre su ropa interior sin tener que hacer absolutamente nada más que inhalar con profundidad la emanación viril de su cuñado.

En la mesa, entretanto, Antón les informaba que su corazón seguía delicado, el doctor lo había mandado a reposo absoluto, así que había que esperar un poco más para que el enlace matrimonial se llevara a cabo. Braulio contrariado le deseó pronta recuperación, mientras que Patricio —sin saber bien a bien el porqué— sintió cierta alegría y Emilia se preocupó por el futuro de su hija, porque sabía que si Antón fallecía, no habría quién obligara a Yaya a seguir las tradiciones sociales, y ella podría verse en la desgracia y el infortunio de quedarse sin marido.

Deseo obsesivo

Si algo es incontrolable e incontenible es la pasión. Esta enciende el cuerpo, lo llena de fuego y nubla la mente. Yaya comenzó a desarrollar un obsesivo deseo por volver a estar cerca del hermano de su prometido, por mirarlo y olerlo. Por primera vez el anhelo de placer se expandía más allá de su cuerpo, otro ser lo provocaba y eso era algo inquietante para ella.

Yaya tenía que hablar con alguien sobre lo que estaba sucediendo y quién mejor que el padre David, que ya conocía su secreto. Al verla entrar al confesionario, el pobre párroco comenzó a sudar frío, solo alcanzó a emitir una breve plegaria pidiéndole al creador que le mostrara el camino para sacar del mal a esa pecaminosa mujer. Pero de nada le sirvió, el sacerdote quedó petrificado al escuchar los relatos de Yaya en los que noche a noche ya no solo se tocaba, sino que ahora al hacerlo soñaba con que era Patricio quien la conducía al clímax. El sacerdote estupefacto oyó los pormenores de las fantasías de su feligresa:

—En cuanto cierro los ojos, puedo oler y sentir cómo poco a poco Patricio se va acercando a mí y cómo con su boca comienza a besar mi rostro, mi cuello, y va bajando sobre mi pecho hasta prenderse de mis senos, mientras con sus manos recorre mi espalda hasta…

—¡No sigas! ¡Para! ¿Cómo es posible que te imagines semejantes barbaridades?

—Padre, es inevitable —dijo sincera.

—No quiero oír una palabra más. ¡Es suficiente! —dijo con firmeza.

El padre David trató de controlar su respiración acelerada y de mantener la calma.

—¿Cada cuándo aparecen esas imágenes sucias y asquerosas en tu cabeza?

—Todas las noches.

—¿Todas? Válgame, Dios. No cabe duda de que el mal te habita.

Nunca nadie se había atrevido a hablar de sus fantasías sexuales con tanto detalle en ese lugar sagrado. Imposibilitado para alejarla del pecado, le exigió, para perdonar su falta y absolverla de todo mal, que como penitencia fuera a la iglesia durante los siguientes trescientos sesenta y cinco días a rezar el rosario tres horas diarias, para ver si así dejaba de tener esos pensamientos insanos. El párroco seguía convencido de que la oración limpiaría su alma podrida y trasgresora, tal como suponía lo había hecho con la de Emilia.

—¡Qué horror! Eres como las mujeres de tu familia, lo pecadora lo traes en la sangre —aseguró con rudeza el cura.

—¿Por qué me dice eso, padre? —desconcertada lo cuestionó Yaya.

—¡Olvídalo! Arrepiéntete de tus pecados insanos y cumple tu penitencia. Solo espero que el Señor se apiade de ti y te perdone antes de que termines retorciéndote en el fuego eterno del infierno.

El padre David creyó que sus palabras eran lo suficientemente poderosas como para infundirle miedo al corazón de Yaya, ese miedo que había hecho que sus feligreses agacharan la cabeza y lo siguieran como ovejas obedeciendo sus creencias impuestas; ese miedo que había logrado que las mujeres reprimieran sus instintos y se comportaran casi cual monjas sin serlo; ese miedo que aniquilaba la voluntad y ponía a los fieles a expensas de lo que él consideraba "bueno" o "malo". No obstante, a mi bisabuela poco le importó la creencia del padre de que en su futuro estaba habitar el inframundo, lo que realmente la desconcertó fue la mención de que era pecadora como otras mujeres de su familia, ninguna parecía ser ni de cerca como era ella. Yaya solo lo miró y, sin decir más, se fue aún con más incógnitas en su ser.

Obviamente su madre, Emilia, siguiendo la tradición familiar, no le había mencionado una sola palabra a su hija sobre el despertar de su sexualidad, así que, como Yaya lo había hecho hasta ese momento, tendría que arreglárselas sola. Ella no estaba segura de si otras mujeres pasaban por lo mismo. Las veía tan recatadas, tan bien portadas, que le era difícil imaginarlas jadeando de placer hasta alcanzar el clímax. Después de pensarlo mucho, recordó que algunas noches, cuando se dirigía a su habitación, había visto correr entre los árboles del jardín a la cocinera y segundos más tarde al jardinero, para juntos entrar a un cuarto de servicio. De repente le quedó claro que ahí podía encontrar respuestas a su interrogante. Y con la idea fija de descubrir lo que sucedía en ese lugar, que olía a deseo carnal, decidió vigilarlos desde el exterior del sitio que ellos compartían.

Para su desgracia, desde ahí no había mucho que ver, salvo observarlos entrar al cuarto, primero a uno y minutos después al otro, después de checar que nadie los hubiera visto, así que buscó la caja de las herramientas y sacó un desarmador. Con él haría un hoyo en la pared. Le llevó más de un mes perforar el grueso muro y hacer un agujero. El problema era que a través de este sólo podía ser testigo de la entrada de Tomasa y Aníbal, de los besos y caricias iniciales, y luego únicamente podía oír el rechinar del catre y sus gemidos amatorios.

Desesperada y frustrada por no poder ver lo que sucedía en el interior, una noche decidió entrar al cuarto y meterse al armario en el que la sirvienta guardaba su ropa, un viejo mueble pesado de madera de caoba que al abrir la puerta rechinaba un poco. Estando ahí, esperando el encuentro amoroso, se dio cuenta de que el ropero tenía un doble fondo. Se acordó que este había estado en la recámara de su madre por mucho tiempo y que en una remodelación el armario terminó en el cuarto de servicio. Al quitar la madera alcanzó a distinguir una caja de metal con unas incrustaciones de piedras brillantes que formaban las letras E.V.A.

A simple vista era el nombre de la primera mujer de Adán, la mujer virgen, pura y casta que había sido hecha de su costilla. No obstante, esas letras no tenían nada que ver con el personaje bíblico, sino con las iniciales de su madre: Emilia Valtierra Abril, así que con curiosidad la tomó e iba a abrirla cuando escuchó la puerta del cuarto crujir.

Mi bisabuela no podía creer lo que sus ojos veían. Aníbal era un hombre de aspecto varonil, de espalda ancha, vientre marcado y brazos fuertes, cuyas manos callosas tenían la firmeza para excitar el cuerpo voluminoso de Tomasa, cuyas carnes quedaron expuestas cuando él fue quitando sus ropas mientras besaba su cuello y apretaba sus pechos. Tal y como lo había imaginado con Patricio y por lo que ella era considerada como pecadora por el padre David, pero desde su punto de vista ni Aníbal ni Tomasa parecían estar viviendo en el pecado, al contrario, verlos danzar amorosamente era lo más bello e impactante que había presenciado.

Yaya comenzó a vibrar al mismo ritmo que lo hacía Tomasa, solo que tuvo que callar sus gemidos para no ser descubierta, pero era como si pudiera sentir lo mismo que esa mujer, que había preparado sus alimentos todos los días bajo una actitud sencilla y callada y sin que nadie pudiera imaginar el nivel de disfrute que la habitaba. Aníbal desabrochó su cinturón y dejó caer su pantalón. Yaya se impactó, jamás había visto a un hombre desnudo. Por un segundo tuvo miedo, quizá el miedo ancestral heredado por las mujeres de su linaje que habían sido violentadas, como le había sucedido a su madre con Antón. Pero al ver a Tomasa gozosa montarse libremente en Aníbal, el miedo se convirtió primero en curiosidad y luego en un inquietante deseo. Ella quería vivir esa misma sensación que hacía que Tomasa se moviera al ritmo del corazón que en su interior escuchaba. Su respiración comenzó a acelerarse, a sincronizarse con la de los que hacían de la cama un mismo cielo, sin darse cuenta gimió igual de fuerte que ellos, por un segundo perdió la noción del tiempo y del espacio y creyó que había muerto. Por primera vez había alcanzado la gloria sin que ella misma se hubiera tocado. Estaba todavía vibrando de placer cuando las puertas del armario se abrieron de par en par. Aún desnudos Tomasa y Aníbal asombrados vieron a Yaya frente a ellos. Al sentirse descubierta, Yaya tomó la caja de metal y se escabulló entre las piernas de los amantes.

Llegó a su habitación temblando de miedo por el posible castigo que con certeza le infringiría su padre si se enteraba de lo ocurrido. Se mantuvo en silencio, expectante, pero nada sucedió. Era ya la hora de cenar, así que escondió la caja debajo de su cama, se alistó y se dirigió al comedor. Braulio había invitado a Patricio y, junto con Emilia, Antón y sus hermanos, la esperaban. Ella aún olía a sexo y Patricio pudo percibirlo. Sus miradas se cruzaron de nuevo y de inmediato su parte animal despertó, mientras Braulio platicaba sobre política con Antón y Emilia trataba de que todo estuviera perfecto en la mesa.

Llegó el momento de servir el primer platillo, así que Tomasa salió recién bañada, habiendo quitado el olor de Aníbal de su cuerpo y portando su uniforme planchado. Nadie podría imaginarla derritiéndose de pasión unos minutos antes. Por un segundo Tomasa y Yaya se vieron, ladearon su cabeza como símbolo de haberse descubierto en su total femineidad. Entre ellas, podría haber muchas diferencias: nivel social, educación, color de piel, creencias, pero no había juicios ni señalamientos. Las dos sabían que como mujeres eran iguales y que ni una ni otra se sentía pecadora por haber dejado a sus instintos encontrar la llave del gozo. No había necesidad de palabras ni justificaciones. Yaya en su interior le agradeció por haberle mostrado que no estaba mal lo que ella sentía y que la plenitud sexual era un privilegio, no algo por lo que debía ser castigada, como se lo había dicho el padre David, quien se quedó esperándola en la iglesia para que cumpliera una penitencia que jamás llevaría a cabo.

La noche trascurría como muchas otras: platicaban, comían, bebían. Yaya estaba absorta recordando lo ocurrido, cuando Antón les dio la noticia de que el tratamiento había funcionado y que ese día el doctor lo había dado de alta, así que podían ponerle nueva fecha a la boda. Yaya sintió cómo se le contrajo el vientre al escuchar a Braulio decir que en un mes se casarían.

—¿Un mes? —dijo Yaya angustiada.

—Por mí te desposaba mañana mismo —contestó seguro Braulio, mientras a Patricio le resultaba imposible celebrar la noticia.

—No, no, al menos necesitamos un mes para que le hagan los últimos ajustes al vestido de novia. Durante este tiempo Yaya ha disminuido dos centímetros más de cintura, además hay que retomar la organización de la fiesta y entregar las invitaciones con nueva fecha —afirmó angustiada Emilia.

—No se diga más, entonces en treinta días tendremos boda. Será un honor que nuestras familias se unan —dijo Antón alzando su copa.

Braulio tomó la suya y como si ya pudiera gozar del momento afirmó, viendo a Yaya a los ojos: "En un mes serás mi mujer".

Yaya no pudo pronunciar palabra, Tomasa no necesitaba casarse para tener una relación con Aníbal, ¿por qué ella sí? Sabía que nada la salvaría esta vez, Braulio sería su esposo e intuía que con él jamás alcanzaría el placer que había sentido primero con ella misma y luego al ver a la cocinera entregarse al jardinero. Su futura unión se convertiría en una cárcel como en la que vivía su madre. Volteó a verla y trató de imaginarla en la cama con su padre, pero era imposible. Su cara adusta contrastaba con la candidez de Tomasa y estaba segura de que por la edad y el físico de Antón difícilmente podría darle el placer que Aníbal sí sabía otorgar. En eso estaba cuando apareció el padre David. Emilia había mandado de inmediato a avisarle de la boda con un mozo, así que con alabanzas al cielo corrió a darles la bendición a los futuros esposos. Su alma había descansado al saber que Yaya al fin tomaría el camino del bien bajo los votos matrimoniales, y, suponía, se olvidaría por fin de sus bajas pasiones. Pobre cura, habría muerto ahí mismo de un infarto fulminante si hubiera sabido que la esencia de Yaya no cambiaría y que, por debajo de la mesa, estaba por construirse otra historia.

Por debajo de la mesa

Yaya se levantó para saludar al párroco y besar su mano. Él con la mirada parecía reclamarle por haberlo torturado durante tanto tiempo al confesarle sus pecaminosos secretos. Mientras Braulio le hacía los honores al sacerdote y le pedía que fuera él quien oficiara la misa el día del casamiento. Yaya tomó de nuevo su lugar tratando de conservar la calma ante la noticia del casamiento y, al hacerlo, con la manga de su vestido tiró sin querer un cuchillo de la mesa al piso. Se agachó de inmediato a recogerlo, al mismo tiempo que Patricio lo hizo. Con el movimiento para inclinarse las piernas de Yaya quedaron abiertas y su falda se trepó a sus muslos. Patricio, que estaba justo frente a ella, no pudo evitar mirar la piel tersa de su entrepierna hasta llegar a su sexo cubierto por una braga color blanco que lo cubría y que permitía, a través de sus finos hilos de algodón, ver sus hermosas formas y femeninos detalles.

Por arriba de la mesa se manifestaba una realidad llena de tradiciones y formas sociales, pero por debajo, parecía que el reloj se había detenido y cada segundo coqueteaba con la eternidad. Entre ellos se estaba gestando un mundo diferente que pertenecía a un universo paralelo, donde se sumergían en el caudal de la pasión.

Yaya, al percibir la mirada de Patricio sobre su sexo, decidió no cerrar las piernas, al contrario, las abrió aún más y descorrió su ropa interior con la mano. Su corazón comenzó a agitarse, su respiración se aceleró y toda su piel se erizó. Yaya pudo constatar cómo en un instante la virilidad de Patricio se expresó y marcó su pantalón. El deseo contenido empezaba a manifestarse y los conducía a visitar el paraíso terrenal en un solo suspiro.

Braulio, sin darse cuenta del juego erótico que su prometida y su hermano iniciaban, los interrumpió preguntándoles qué era lo que buscaban.

—Se me cayó el cuchillo. No lo encuentro —dijo Yaya mientras fijaba la mirada en Patricio, que ya se había deslizado por completo debajo de la mesa haciendo tiempo para reponerse y que nadie notara su excitación.

—Ya lo tengo —dijo Patricio.

Yaya se incorporó saliendo de ese mundo prohibido que acababa de descubrir. Patricio, antes de hacerlo, volvió a disfrutarla con la mirada y no pudo contenerse, estiró su mano y la tocó suavemente. Yaya de inmediato sintió como empezó a diluviar dentro de ella. Patricio se levantó con el cuchillo en la mano como símbolo de su proeza, mientras llevaba a su boca los dedos con los que había acariciado la intimidad de su futura cuñada para descubrir el sabor de su sexo.

La cena continuó su curso, mientras ambos trataban de controlar su instinto y Yaya buscaba la forma de evitar la mirada dura e inquisidora del párroco, quien al terminar la velada le dijo entre dientes que le urgía hablar con ella. Por supuesto que Yaya lo menos que deseaba era platicar con él. Pensó que seguramente el padre le daría un gran sermón de sus deberes como esposa y de la imperiosa necesidad de reprimir sus deseos carnales para siempre. Justo cuando iba a ceder a su petición, Antón se acercó al padre David y lo invitó a degustar un coñac junto con los hombres presentes. Él no pudo negarse y solo alcanzó a decirle:

—Ya hablaremos —en un tono de amenaza que ella no entendió.

Yaya intentó acostarse y dormir, pero no pudo hacerlo porque su cuerpo permanecía encendido. Ningún acercamiento con Braulio le había provocado el más ligero temblor interno y, sin embargo, Patricio con su sola presencia la había hecho despertar a mil sensaciones nuevas que ahora aumentaban con su atrevida caricia. Con la intención de calmar su deseo y de aquietar su intranquilidad, salió de su cuarto y se dirigió al de Tomasa. Necesitaba hablarlo con alguien y nadie mejor que la cocinera para entenderla y ayudarla a comprender lo vivido. Sabía que si se lo decía a Emilia, lo comentaría aterrada con Antón y ambos serían capaces de excluirla del clan familiar o de mandarla a un convento al conocer su mayor secreto, o si lo hacía con el padre David, este ya no podría más con el peso de su confesión y terminaría excomulgándola.

Mientras recorría la casona para llegar a la zona de los cuartos de servicio, frente a ella apareció el padre David parándola en seco. Él se había quedado más tiempo platicando con su padre, con la firme intención de encontrar la manera de hablar con ella antes de abandonar la hacienda. Al verla la zarandeó y la jaló a un pasillo.

—¡Eres un alma perdida! ¡Eres una pecadora!

Sin decir más, el padre le soltó una bofetada. El cura se creía con el derecho de domar los instintos de las mujeres de esa manera. Yaya se quedó helada.

—¿Qué pasa, padre? ¿Por qué me pega?

—¿Cómo fuiste capaz de tentar así al hermano de tu futuro esposo?

Yaya se petrificó y no supo cómo responderle, jamás pensó que alguien más hubiera visto lo que había ocurrido entre ella y su cuñado. El padre también se había agachado a buscar el cuchillo y fue testigo de lo que sucedió entre ellos. En ese momento mi bisabuela comenzó a sentir una fuerte opresión en el pecho que le impedía respirar. Pensó que seguramente Eva se sintió como ella al haber tentado a Adán con la manzana prohibida, al igual que lo había hecho con Patricio al exponer su intimidad.

—Padre, yo…

—¡Calla! Te lo dije, traes lo pecadora en la sangre y si no te arrepientes en este mismo instante vas a penar el resto de tu vida. Dios jamás va a perdonarte tal ofensa.

Yaya, sin poder controlarlo, empezó a sentir miedo, tal vez el padre tenía razón y ella era una mujer maldita y Dios la castigaría expulsándola del "paraíso". Su mente inconsciente llena de creencias ancestrales que habían marcado la vida de su linaje femenino despertó.

Por un segundo pudo ver lo que le sucedería si se permitía vivir lo que su cuerpo deseaba: esa entrega total a su cuñado fuera de los prejuicios y condicionamientos sociales y religiosos de su época. De hacerlo se imaginó siendo azotada por su padre con un látigo con el que acostumbraba ejercer disciplina. Visualizó a su madre metiéndola a bañar con agua helada, mientras la calificaba de impura e indecente y, por supuesto, también pudo verse a sí misma en el centro de la iglesia, señalada por el párroco, quien la condenaba al castigo eterno y al juicio de todos los demás. Por lo visto, no era necesario esperar a morirse para visitar el inframundo, ya que este lo viviría en su existencia terrenal.

—Retomas el buen camino o te corro de mi iglesia y me encargo de que toda la sociedad de Valle del Ángel te rechace. Eres una mujer impura que fue tocada por un hombre prohibido y si no te arrepientes conocerás la furia de nuestro Señor.

Sin importar el miedo, este no pudo apagar la rebeldía de Yaya y se enfrentó al padre.

—No voy a dejar que ni usted ni nadie me diga lo que tengo o no que hacer —dijo Yaya llena de rabia.

—¡Atente al castigo de Dios y al que yo infringiré en su nombre! —dijo determinante.

Antón apareció en ese momento:

—¿Qué pasa, padre? Me dejó esperándolo en el salón.

El sacerdote vio con rudeza a Yaya, quien sabía lo que su padre era capaz de hacerle si se enteraba de lo ocurrido.

—Perdóname, hijo. Me encontré a tu hija de regreso del baño y me quedé platicando con ella. Hablábamos de lo mal que termina una mujer cuando viola las reglas de nuestra iglesia y de la sociedad con conductas impropias —dijo cuidando el tono, pero hablando con doble intención.

—Esas mujeres no son dignas de pertenecer a nuestra comunidad, padre.

—Tienes razón, hijo, pero hay que ser compasivos con ellas y ante su grave falta habría que otorgarles el perdón y encerrarlas para siempre en un convento, ¿no lo crees? —le dijo el padre a Antón mientras veía a Yaya.

—Usted porque es demasiado bueno, padre, a esas mujeres habría que repudiarlas y expulsarlas de nuestro círculo. Una manzana podrida termina echando a perder al resto —aseguró totalmente convencido Antón.

El sacerdote se despidió de ella, no sin antes decirle al oído que ya estaba advertida: retomaba el buen camino o él iba a revelar su secreto. Y regresó con toda tranquilidad a tomarse otro coñac con Antón.

Con un caos en su mente, Yaya se dirigió de nuevo hacía el cuarto de Tomasa, pero para su sorpresa, ella había ido a llevarle un vaso con agua a Emilia a su habitación y al regresar había escuchado la conversación con el cura. Con lo dicho por el padre David, ambas se identificaron con todas las mujeres que durante siglos habían sido reprimidas al dejar salir lo que algunos llamaban "sus más bajos instintos", cuando lo realmente justo sería nombrarlos como sus más altos instintos, ya que es en la energía sexual femenina en donde surge la chispa de vida y la creatividad; solo que sabiendo lo poderosa que esta es, por siglos la sociedad patriarcal había tratado de eliminarla castigando a quien se atreviera a expresarla, como lo había hecho mi bisabuela.

—¡Yo no me siento una pecadora! —dijo Yaya llena de impotencia.

—Ante los ojos de los demás, usted lo es… y yo también lo soy —dijo empática Tomasa.

—No sé qué hacer.

—Si me permite un consejo, no se enfrente a todos por un amor prohibido. Van a terminar con usted y no merece vivir en un convento el resto de su vida —expresó sincera Tomasa.

—¡Pero renunciar a lo que siento también es una forma de ponerle fin a mi vida!

—Con el tiempo quizá se acostumbre, como se han acostumbrado todas.

Al parecer esa era la cruz que ella tendría que cargar por haber nacido hembra, mientras que los hombres tenían el derecho de genitalizar su conducta, de gozar de su sexualidad y de cosificar a las mujeres, ya fuera para preñarlas o para pagar por atender sus deseos carnales. Sin duda, Yaya era demasiado peligrosa para la sociedad al no someterse a la castrante división de ser considerada santa o pecadora.

Y, por ello, desde la mañana siguiente, el padre comenzó a visitarla con más frecuencia de lo común, con el pretexto de aleccionarla para convertirla en una buena esposa y madre, pero en realidad su único fin era infundirle la imagen de un Dios cruel y castigador al cual temer y con esto despertar en ella la culpa por ser una mujer impura e inmoral.

Yaya se resistía a aceptar esta creencia, pero la presión del sacerdote era cada vez mayor y los relatos aterradores sobre el castigo que recibiría por desear a un hombre prohibido comenzaron a permear en su mente. Y aunque nadie podría quebrantar su espíritu indomable, el cura y sus padres sí habían facturado su voluntad. Esto más el delicado roce de los dedos de Patricio sobre su sexo despertaron en ella memorias ancestrales que la llevaron a sentir que el mal la habitaba por el deseo incontrolable que su cuñado le inspiraba, por lo que creyó que la única manera de frenar su anhelo carnal era casándose con Braulio y poniendo distancia con Patricio.

Así que, ante la sorpresa de sus padres y el beneplácito del cura, Yaya aceptó vestirse de blanco y llevar a cabo un matrimonio como la tradición lo mandaba.

Olvídame

Yaya estaba segura de que necesitaba alejarse de su cuñado, pero él no pensaba lo mismo y, con el pretexto de ayudar con los preparativos de la boda, había intentado en varias ocasiones verla, pero ella no se lo permitió, ni siquiera en presencia de alguien más. Patricio no podía entender lo ocurrido, debajo de la mesa había sentido la alquimia que juntos provocaban y no podía comprender por qué ahora se negaba a avivarla, cuando aquella noche ella había sido la primera en encender el deseo. Por lo que aprovechando una reunión familiar se le acercó.

—Quiero verte —dijo vehemente su cuñado.

—Olvídame —Yaya contestó tajante.

—No puedes pedirme eso.

—Voy a casarme con tu hermano.

—No puedo renunciar a ti. No después de lo que ambos sentimos la noche del cuchillo —le dijo Patricio mirándola fijamente.

Por supuesto que solo mencionarle el momento hizo que el anhelo se expresara en su piel. El hermano de su futuro marido seguía siendo una gran tentación, pero traía tatuadas en su mente las repercusiones que habría si le daba rienda suelta a su deseo y si caía en el hechizo de un placer oculto. No era el instinto, sino la razón la que le impedía dejarse ir por lo que su cuerpo le exigía. La mirada inquisidora del sacerdote y la idea de un Dios castigador estaban fijas en ella y, a pesar de que su corazón le gritaba que retomara su sexualidad y la presionaba para darse el permiso de gozar de nuevo, se mantuvo firme, aunque estuviera viviendo una verdadera guerra interna. Ilusamente pensó que sería más fácil apaciguar su apetito carnal, pero este se negaba a morir. En las noches que su deseo tomaba mayor fuerza le ordenaba a Tomasa prepararle baños de tina con agua helada y hielos, para que, al sumergirse en esta, el cambio súbito de temperatura la llevara a alejarse de la pasión que sentía por su cuñado y de los pensamientos insanos que le provocaba. Pero era tal lo que él despertaba en ella que hubo momentos en los que estuvo a punto de sufrir hipotermia al no poder apagar su fuego, y en una especie de autocastigo impuesto, permanecía en bajas temperaturas hasta lograr aquietar su ímpetu.

Por otro lado, ante la imposibilidad de verla, Patricio comenzó a obsesionarse con ella. Lo prohibido tiene su magia, nos lleva al límite de nuestra imaginación, nos reta a sobrepasar los obstáculos con tal de alcanzar aquello que se nos niega y nos hace inconscientes ante el pago que hay que asumir por romper tal restricción.

Por ello, una noche que amenazaba tormenta, Patricio, desesperado por no haber podido ver a su cuñada y sin medir las consecuencias que podrían desencadenarse, decidió brincar la cerca que delimitaba la hacienda Monreal y, cuidándose de los perros que vigilaban el extenso jardín, logró llegar a la casona. Escaló la enredadera y brincó al balcón del cuarto de mi bisabuela. Se asomó por la ventana y la observó atónito quitarse sus ropas y ponerse un camisón de seda que se deslizaba lentamente por su curvilíneo cuerpo. No podía creer la perfección de su belleza, se quedó sin habla, era deslumbrante. A la distancia pudo acariciarla y comenzó a hacerle el amor con la mirada, lo que provocó que ardiera en deseo.

Uno de los perros comenzó a ladrar, lo había descubierto. Patricio tuvo que reprimir su fantasía. Yaya fue hacia la ventana y salió al balcón para ver qué pasaba. Sintió como un hombre la tomaba por detrás, le tapaba la boca con una mano y con la otra la abrazaba por la cintura, mientras al oído le decía:

—Tranquila. Soy Patricio, por favor, no grites.

Después la condujo al interior de la recámara sin hacer ruido. Yaya desconcertada se giró y lo vio de frente, estaban a escasos centímetros, podían respirar su aliento. Sin decir nada, Patricio se acercó y la besó con pasión. Ella no pudo resistirse y se entregó a sus labios, era la primera vez que sus bocas se encontraban y las sensaciones placenteras de inmediato comenzaron a despertar, conectándola con el deseo de ser tomada por ese hombre. Yaya sabía que si no ponía freno su destino sí sería el infierno, así que sacando fuerza de donde no la tenía, lo empujó y se convirtió en un témpano de hielo. Él, intentando alimentar su llama, se acercó de nuevo y metió la mano en su entrepierna; tocaba su sexo, mientras con su boca acariciaba sus senos, pero ella volvió a empujarlo y lo apartó con firmeza.

—No te resistas, tú me deseas tanto como yo, pude sentirlo en tu beso —dijo seguro el hermano de Braulio.

Patricio notaba la contradicción que ella estaba viviendo entre sus instintos y la razón, pero Yaya no claudicó y, a pesar de ella misma, se mantuvo firme.

—¡Vete de aquí o grito para que mi padre y mis hermanos te saquen!

—Yaya, por favor, no me hagas esto. Desde el día de la cena no tengo paz. No puedo quitarte un solo segundo de mi pensamiento.

Se acercó tratando de besarla otra vez, pero para su sorpresa, sin decir más, Yaya comenzó a gritar:

—¡Padre! ¡Hermanos! Vengan.

—¿Qué haces?

Yaya se alejó de él y pidió ayuda desde la puerta del cuarto.

—¡Padre! ¡Hermanos! —repitió.

—Pero ¿qué fue lo que pasó? ¿Por qué me rechazas? —preguntó desesperado.

Yaya estaba en una lucha interna entre el "bien" y el "mal" y si él seguía insistiendo no sabía si tendría la voluntad para resistir, pero para su tranquilidad, en ese momento se escucharon los pasos de Antón y de dos de sus hermanos, quienes unos segundos más tarde aparecieron en la puerta.

—¿Qué sucede? —preguntó su padre.

Yaya volteó y alcanzó a ver cómo Patricio había salido de la habitación justo cuando ellos entraron.

—Creo que hay alguien en el jardín. Vi una sombra y los perros no dejan de ladrar —aseguró tratando de controlar su nerviosismo.

Antón, sus hermanos y ella salieron y se asomaron al jardín desde el balcón, pero no vieron a nadie. Patricio estaba colgado entre la enredadera y el borde del piso del balcón tratando de pasar desapercibido para los hombres de la familia. Al verla, le suplicó con la mirada que no lo delatara. Yaya afirmó y señaló a lo lejos.

—Era un cacomixtle, está por allá.

—Qué raro, los perros siguen ladrando debajo de nosotros. Voy afuera a ver qué pasa —dijo Antón y salió seguido de sus dos hijos.

Yaya volteó a ver a Patricio y le señaló un camino mientras su corazón aceleraba el ritmo.

—Sigue hasta esa barda y podrás escapar por la parte trasera.

Se metió a su cuarto, cerró las puertas del balcón, se sentó en su cama y poniendo las manos sobre su pecho le pidió a Dios que nadie descubriera a Patricio, porque de hacerlo la verdad saldría a la luz y el mundo de ambos se desgajaría. Renunciar a ese hombre era el castigo autoimpuesto que tendría que asumir por haberlo conducido al pecado de la carne.

Su cuñado siguió sus instrucciones y ningún miembro de la familia Monreal supo de la osadía que tuvo al visitar a la mujer que le había robado la tranquilidad y por la que había puesto en juego la lealtad a su hermano, quien no imaginaba lo que había sucedido a sus espaldas.

Yaya respiró aliviada creyendo que había domado a la mujer llena de apetitos carnales que había en su interior, pero esta represión, lejos de domesticarla, solo la estaba fortaleciendo, y pronto encontraría la manera de manifestarse, poniéndola al borde del precipio.

La boda

Llegó así el día tan esperado por sus padres y con el que oficialmente Yaya dejaría atrás su historia con Patricio. Con la boda
iniciaba una nueva etapa convirtiéndose en la esposa de Braulio
y sepultaría para siempre a su cuñado, quien al día siguiente de
la fiesta retomaría su vida lejos de Valle del Ángel. Con esto en
mente mi bisabuela entró a la iglesia. La marcha nupcial comenzó
a escucharse. En el recinto no cabía un alma más, los Monreal
eran una de las mejores familias de Valle del Ángel y estar invitado ratificaba que eras miembro de la más alta élite social. Todos,
salvo la novia, celebraban este nuevo matrimonio que estaba por
recibir la bendición eclesiástica; por tanto, nadie se cuestionaba,
como en la boda de mi tatarabuela, si había amor entre la nueva
pareja, si juntos alcanzarían un orgasmo o si Braulio la trataría
con ternura o violencia en la intimidad. Solo se lo preguntaba Tomasa, quien conocía su historia con Patricio y parada al fondo del
recinto podía percibir la marea emocional que vivía su patrona
detrás de una sonrisa congelada que le servía de máscara mientras
caminaba estoica hacia el altar.

Para Yaya, más que estar asistiendo a su boda, era como si lo
hiciera a su funeral. Ella pensó en quitarse la vida si la obligaban a
casarse y hay distintas formas de morir; sin duda, la más dolorosa
era hacerlo en vida. La parte más auténtica, alegre y atrevida que
tenía se había quebrado ante la fortaleza de las alianzas invisibles

que la unían a otras mujeres de su linaje, quienes también, ante la presión social y religiosa, la habían enterrado en lo más recóndito de su ser. En todas, su rebeldía había sido domada y su sexualidad, aniquilada.

En contraste a los sentimientos de la recién casada, estaban los de todos los demás que con beneplácito celebraban la unión. Braulio se percibía como un verdadero macho alfa al haber desposado a la mujer que era deseada por todos. Hasta su caminar era distinto, era más altivo y seguro de sí mismo al saber que esa misma noche poseería el cuerpo que tanto había anhelado. Emilia se sentía realizada por haber casado a su hija con un buen partido, eso garantizaba los honores y el reconocimiento social de haber sido una buena madre. Antón estaba feliz al haberse librado de la monserga que hubiera significado tener a una solterona en la familia, y el padre David experimentaba una profunda paz por haber conseguido meterla al redil. El cura ya se había adjudicado ante sus superiores el triunfo por haber domesticado a una mujer instintiva que había sido tentada por el mal y por haberla conducido a consagrar su vida a su marido y a la procreación de futuros fieles para su iglesia. Por supuesto que ahí también estaba Patricio, quien fue el encargado de entregar los anillos a los consortes y, aunque le hervía la sangre al acercarse a la novia, ella no le dirigió la mirada ni un solo instante. Mi bisabuela estaba decidida a dejar a ese hombre en su pasado.

Mientras la fiesta continuaba y evitaba encontrarse de frente con su cuñado, Yaya deseaba con ahínco no quedarse a solas con Braulio. No podía imaginar tener que cumplir con sus obligaciones maritales. Así que alzó la mirada al cielo e imploró que el momento de la intimidad no llegara, y tal parece que sus súplicas fueron escuchadas de nuevo, porque justo en ese instante apareció Tomasa con un gotero de vidrio pequeño y se lo dio.

—Disuelva cinco gotas en la copa de su marido esta noche y las noches que desee. No podrá mantenerse despierto.

Después de estas palabras Tomasa se dirigió a la cocina a seguir con sus labores. Yaya no sabía cómo agradecerle. La sirvienta sabía lo que su ahora esposo le provocaba y le daba la "llave" para escapar de sus caricias.

Cerca de terminar la fiesta, Yaya con sigilo se acercó a la copa de Braulio y siguió las indicaciones de la cocinera. Su corazón se detuvo cuando pensó que había sido descubierta al sentir el brazo de su marido envolviéndola por la cintura, mientras guardaba el frasco en su escote. Pero por fortuna no había sido así. Mi bisabuelo se acercó a ella para susurrarle al oído que era momento de ir a su habitación, mientras se tomaba hasta la última gota del vino especial que había mandado a hacer por el enlace matrimonial.

Al meterse a la cama, Braulio se acercó a Yaya y comenzó a besarla, mientras ella con gran ansiedad esperaba a que el somnífero hiciera efecto. Su marido empezó a sentirse mareado, se apartó un poco y se quedó profundamente dormido. Yaya agradeció en silencio a Tomasa y, sin quitarse la ropa, se acurrucó lo más lejos de él que pudo, parecía como si estuviera reposando en el buró. Se cubrió el rostro con una almohada, no resistía el olor a alcohol y ahí permaneció sin poder dormir toda la noche, deseando que la suerte la favoreciera y pudiera evitar el encuentro sexual por siempre.

Yaya se resistía a creer que al lado de ese hombre estaría todos los días de su vida. La idea de la muerte apareció de nuevo, deseo que alguno de los dos falleciera lo más pronto posible para que concluyera el decreto recién escuchado de que permanecerían juntos hasta que la muerte los separara, y pensó en su madre. No entendía cómo había podido aguantar a su padre por tantos años. Y se preguntó si algún día habría sentido una pasión por alguien más, aunque por su actitud estaba segura de que no había sido así y de cierta manera la envidió. Emilia nunca pasaría por la desazón que ella experimentaba al saber que jamás volvería a sentir el gozo que le provocaba acariciar su cuerpo ni su ser encendido ante la presencia de un hombre. "No se extraña lo que nunca se ha tenido", pensó.

El reloj marcaba las cinco de la mañana y el sueño comenzaba a vencerla cuando de repente recordó la caja que había encontrado dentro del ropero del cuarto de servicio de Tomasa. La curiosidad por descubrir el contenido la despabiló. En cuanto el sol emergió en el horizonte, salió de la cama y corrió a la hacienda de sus padres. Ellos aún dormían, así que entró sin hacer ruido a su habitación.

En su nuevo hogar, Braulio, al sentir despertar el deseo matutino, estiró la mano para jalar y poseer a su esposa, pero ella ya no estaba. Comenzó a vociferar, entre crudo y enojado, por el atrevimiento y la ofensa de su mujer al no estar en la cama a su disposición. Preguntó por ella a la gente del servicio, pero nadie pudo darle ninguna explicación de su ausencia. La bondad y el trato amable con el que se había conducido hasta antes de la boda desaparecieron y reclamó furioso los derechos que le habían sido otorgados sobre su cónyuge. Yaya era oficialmente de su propiedad y había esperado demasiado tiempo para poseerla. Aguantar su apetito sexual unos minutos más le era inconcebible e intolerable.

Mientras tanto, en la casa de sus papás, Yaya, totalmente despreocupada de la posible reacción de su marido, sacó de debajo de su cama la caja que había escondido. Hacía frío, así que jaló el cubrecama, se envolvió en él y se acurrucó en el suelo cerca de la ventana para recibir el calor de los rayos del sol que apenas se asomaban. Con su dedo índice recorrió las iniciales del nombre de su madre, como si de esta manera pudiera inferir el contenido. Cerró los ojos imaginando su vida, pero por más esfuerzos que hizo no recordó algún momento en el que la hubiera visto reír a carcajadas, cantar o bailar, tampoco habitaba en sus recuerdos algún instante en que sus padres se hubieran demostrado cariño, regalado una caricia o dado un beso en su presencia.

Solo vino a su memoria el día en que, mientras hacían galletas de naranja, le había preguntado a su madre.

—¿Madre, por qué la gente que está casada no es feliz?

A lo que Emilia le contestó, como si fuera una respuesta obvia:

—¿Quién te ha dicho que el matrimonio es para que la gente sea feliz? Las personas se casan para hacer una familia, para tener hijos, para unir sus fortunas.

—¿Y usted quería eso? ¿Casarse, tener hijos y no ser feliz?

Emilia volteó desconcertada ante tal afirmación y viendo a su hija con determinación y frialdad le dijo:

—Aprende de una vez por todas que las mujeres nacimos para formar una familia y educar a nuestros hijos. Eso es en lo único que tienes que pensar.

Yaya se rebeló ante lo dicho por su madre. Y sin ver que Antón estaba llegando, preguntó:

—¿Y las monjas? ¿Y las que traen mucho escote? Un día me dijo que esas mujeres no tenían hijos.

Yaya tenía ocho años y sus padres le habían puesto "la niña del por qué" por los constantes cuestionamientos que hacía. Siempre fue muy inquieta y con mayor inteligencia que el resto. Y le repitieron tantas veces la frase: "¡Ya… ya, basta de preguntas!", que pronto se olvidaron que Sara era su verdadero nombre y comenzaron a llamarla por el sobrenombre de "Yaya". Y en esta ocasión no sería diferente.

Emilia la tomó por los hombros y le ordenó:

—Ya, ya deja de hacer preguntas insolentes o te voy a castigar.

Antón soltó la carcajada, le pareció gracioso que su pequeña fuera tan perspicaz y observadora y que se hubiera atrevido a preguntar sobre las prostitutas que a él tanto le gustaba visitar, pero al sentir la mirada de Emilia pidiéndole su apoyo, reprimió su risa y con seriedad le dijo:

—Tu madre tiene razón, deja de preguntar sandeces, arrepiéntete y vete a tu cuarto. Hoy no habrá cena para ti.

Obediente sacudió sus manos de la harina y se quedó con ganas de probar las galletas recién horneadas. Caminó rumbo a su habitación sin entender de qué o por qué tenía que arrepentirse y solo escuchó a su padre lamentarse de que ella le hubiera tocado como hija.

—Si me hubieras dado como primogénito a un hombre, no tendrías que pasar por la incomodidad de contestar esas estupideces —le recriminó Antón a su esposa.

—Lo siento —dijo Emilia apenada.

—Yo también. Solo me complicaste la vida al darme una niña. Una mujer no vale lo mismo que un hombre —aseguró convencido y prosiguió. Solo espero poder colocarla bien algún día y pasarle el problema a alguien más.

Con este recuerdo en mente, Yaya abrió la caja de metal. En ella había unas hojas escritas por su madre. Intrigada empezó a leer. Sus ojos se abrían incrédulos conforme iba adentrándose en el mundo emocional de Emilia. En esas hojas con leves tonos morados, su madre expresaba el más grande secreto que guardaba su corazón.

El secreto

Emilia contaba en su escrito lo difícil que había sido para ella casarse y tener relaciones con Antón, quien le provocaba un profundo asco y repulsión, por lo que para evitar los encuentros íntimos había tenido que inventar un supuesto mal que le causaba desmayos justo cuando él empezaba a tocarla. Esto, más sus continuas prácticas religiosas que la hacían pasar gran parte del día en la iglesia, hicieron que su marido pensara cada vez menos en ella como mujer, a pesar de tener poco tiempo de casados. Emilia creyó que de esta manera tendría una existencia más tranquila y llevadera, pero nunca imaginó que poco tiempo después del nacimiento de Yaya su vida daría un vuelco.

Un sábado que fue a confesarse para, como siempre, poder comulgar el domingo, el padre David la absolvió casi de inmediato por falta de pecados. Ni siquiera hubo necesidad de cumplir una penitencia. Su vida estaba inscrita bajo la moral y las buenas costumbres, estaba dedicada a su marido, a su pequeña hija y a sus labores sociales en la comunidad y en la parroquia, así que no había mucho de lo cual arrepentirse y pedir perdón.

Al salir del confesionario, el padre David le presentó de forma rápida y poco protocolaria al que, en cuanto fuera ordenado, sería el nuevo sacerdote. Ramiro, el seminarista, tenía ojos color verde, tez morena, cabello negro, cejas muy pobladas y era tan joven como ella. Ese día, Emilia se ofreció a ayudarlo a organizar las fiestas de

Chamuel, conocido como el arcángel del amor incondicional, y con ese pretexto comenzaron a tratarse. Mientras hacían una lista de lo necesario y pensaban en la forma en la que lo conseguirían, compartieron risas, anécdotas, historias. Ramiro le ponía mucha atención y parecía disfrutar con su presencia. Emilia por primera vez se sintió vista por un hombre e, incluso, tuvo ganas de retomar sus clases de piano y arreglarse más. Gracias a él estaba conectando con la vida de nuevo y empezó a sonreír.

Sin darse cuenta y de manera natural, los encuentros entre ellos cada vez fueron más frecuentes. No había día que no se citaran, el pretexto era lo de menos. Y una cosa fue llevando a la otra hasta que sin planearlo comenzaron a verse diferente.

Al pasarse una figura del arcángel sus manos se tocaron. Los dos quedaron tan cerca que podían escuchar el latido acelerado de sus corazones. En ese momento se cayó el velo que ambos habían puesto sobre su relación y sintieron el despertar de su masculinidad y de su femineidad. Dos fuerzas complementarias que reclamaban su fusión y despertar al placer. El destino parecía conspirar a su favor, porque no había nadie más que ellos en el lugar, y sin poder, o mejor dicho, sin querer evitarlo, los dos se fueron acercando milímetro a milímetro hasta fundirse en un beso que encendió todo su ser, aceleró su respiración e inundó su piel de una sensibilidad jamás experimentada. El suave roce de sus cuerpos los llevó a un viaje de sensaciones nuevas que los condujo a percibir las mareas, los volcanes en erupción y los tornados que los habitaban. Ambos olvidaron que él era seminarista y ella, devota.

Se dejaron llevar por completo por la pasión que había surgido entre ellos cuando un ave se estrelló en la ventana, como presagio de lo que ambos vivirían si daban rienda suelta al deseo que se había apoderado de ellos. El estrepitoso ruido de los cristales cayendo al piso los sacó del hechizo. Los dos se quedaron viendo, la realidad les dio una bofetada y recordaron sus roles impuestos. Emilia sintió que le faltaba el aire y, sin poder decir ni una sola palabra, corrió de regreso a la hacienda. En su interior se desató un maremoto, no podía acomodar lo que ese seminarista había despertado en ella y mucho menos lo que ese beso le había hecho sentir. Era una sensación avasalladora que no conocía, pero que recorría todo su cuerpo con solo recrearlo en su memoria.

Tuvo miedo de volver a verlo, no estaba segura de poder siquiera sostenerle la mirada después de ese beso prohibido y no quería que nadie se diera cuenta de lo que él le provocaba. Era mejor poner distancia. No podía manejar la culpa causada por haber besado a un hombre que dedicaría su vida a Dios. Solo que para su desgracia estaba ya muy cerca la celebración que habían preparado juntos para el arcángel Chamuel, así que tendría que buscar un pretexto para no asistir. El día llegó y Emilia inventó que había comido algo en mal estado y que se sentía indispuesta para asistir, pero Antón no cayó en su mentira, le mandó comprar una medicina y la obligó a acompañarlo a la fiesta parroquial. Él quería desquitar el donativo que había dado a la iglesia para tal festividad y no pensaba ir solo. A Emilia no le quedó otra que arreglarse y dirigirse con su marido rumbo al evento. En cuanto llegó, el padre David le preguntó por su salud, ella también había pretextado malestares físicos para no volver a sus labores parroquiales, así que solo le contestó que ya estaba recuperada. No quería pecar más diciéndole otra mentira al sacerdote, por lo que cambió de tema y se dedicó a elogiar el evento. El ego del cura comenzó a expandirse, mientras Emilia buscaba a Ramiro con la mirada; al no verlo, su ser sintió paz, pensó que al igual que ella prefería poner distancia y, aunque le dolió, lo agradeció. Conforme la fiesta transcurría sin la presencia de su amado, Emilia se fue tranquilizando y olvidando de las eternas noches de insomnio en las que un solo beso le había robado el sueño.

Emilia estaba convencida de que no sucedería nada más entre ellos, aunque con solo cerrar los ojos pudiera volver a sentir la pasión que despertaban sus labios sobre las suyos y sus manos tocándole el pelo. Al compararlo con el hijo del panadero se dio cuenta de que la relación con él había sido un amor suave y dulce, pero lo de Ramiro era distinto, con quien había descubierto lo que era el fuego que enciende la piel.

El convivio seguía en pleno: música, baile, risas. Antón ya se había olvidado de que ella lo acompañaba por estar platicando de sus negocios e inversiones con otros hombres. Así que cuando el padre le pidió que le hiciera el favor de llevar los donativos que había recolectado a la sacristía, ella no lo dudó. El clérigo le entregó la llave de un cajón en donde tenía que dejarlos. Emilia obedeció, guardó el dinero, pero al salir se quedó paralizada al ver que ahí estaba Ramiro.

Emilia había imaginado lo que sucedería si volvía a verlo después de aquellas semanas de contención, de reprimir el deseo y de sentirse atormentada por la culpa. Creyó que tendría el aplomo de retirarse de inmediato. Sin embargo, no fue así, su mente le decía: "Vete, corre, no cometas semejante pecado", pero su corazón y su cuerpo le gritaban: "Bésalo de nuevo". Emilia estaba totalmente dividida. Un amor como el de ellos, tan puro, tan bello, tan profundo, era muy difícil de frenar. Ramiro se acercó y fijó su mirada en ella. El corazón de Emilia parecía salírsele del pecho. Era un instante decisivo en el que le diría adiós para siempre o en el que se daría el permiso de vivir su deseo. Emilia respiró profundo y decidió alejarse. Dio un paso firme para continuar su camino, pero después se detuvo, giró y lo besó. Siguiendo el llamado de su interior perdió el recato y la cordura bajo los cuales había sido educada y se entregó a él. Ramiro no dudo ni un segundo y le correspondió con la misma pasión.

El seminarista la cargó y la llevó a la parte trasera de la iglesia. Ahí había sembradíos de girasoles y entre uno de los caminos de tierra la depositó. Emilia ya tenía cierta experiencia sexual, había estado con su marido algunas veces, pero para él era su primera vez. No obstante, se dio permiso de dejarse conducir por su instinto y juntos iniciaron una bella entrega amorosa. Emilia se sintió virgen para su amado, en ese momento las caricias de Antón en su cuerpo parecían evaporarse, para dejar limpia su piel que se entregaba a un nuevo amor.

Ramiro comenzó a besar sus labios, luego su cuello, la desnudó mientras él se quitaba la sotana y la dejaba tendida sobre los girasoles despojándose con ella de los votos de castidad. Después le desabrochó el sostén y vio los pechos diminutos de su amada con los ojos de un hombre que admira la obra de arte más bella. Se acercó a ellos y los fue recorriendo suavemente con sus manos, su boca y su lengua. Después le retiró el liguero y las medias y con ternura fue descubriendo cada paisaje de su piel, hasta quitar sus bragas. La contempló totalmente desnuda. La libertad de dejarse ser los inundó y ambos perdieron la noción del tiempo y del espacio. Nada fuera de ellos importaba.

—Emilia… veme a los ojos, quiero perderme en tu mirada —logró decir el seminarista mientras la penetraba con dulzura.

Emilia jamás había sentido algo así, su cuerpo estaba abierto, dispuesto para recibirlo, no había dolor ni asco, sino placer y gozo.

Los dos emprendieron un vaivén cadencioso, que poco a poco fue incrementando su velocidad. Era como si sus pieles se reconocieran y hubieran danzado al mismo ritmo en otras vidas. Ahí los dos por primera vez conocieron lo que era el placer de la carne.

Las campanas de la iglesia empezaron a sonar y Emilia por un instante pensó en parar, su mente parecía comenzar a ganar, pero su corazón no quiso repetir la historia del amor inconcluso que había vivido con el hijo del panadero, así que decidió callar a la razón y continuar con el juego amoroso que tan plena la hacía sentir. A partir de ese momento no hubo nada que le impidiera llegar al clímax, y los dos, por primera vez, alcanzaron un orgasmo.

Lo que sentía por Ramiro era algo nuevo para ella, había sido educada bajo el concepto de que las mujeres solo podían ser de un solo hombre y se había resignado a sostener una relación mediocre e insatisfactoria con su marido, pero ahora podía constatar que lo dicho era una mentira y se rebeló ante su destino. La presencia de Ramiro la había motivado a ser fiel a sí misma y no a todos los principios castrantes con los que había sido educada.

Ese encuentro en la mitad de la naturaleza le había transformado el alma y había liberado el placer que jamás imaginó que corría por debajo de su piel. A partir de ese momento guardó su relación con el seminarista como su mayor bendición, pero también como su más grande secreto. Nadie podía saber lo que había nacido entre ellos, ambos estaban conscientes de que eso significaría vivir el infierno en la Tierra.

Ante tal revelación, Yaya tuvo que pausar la lectura y tomar aire. Imaginó el martirio que su madre había pasado durante todos estos años al tener que, igual que ella, ocultar y reprimir sus sentimientos. En su diario, esa mujer que parecía carecer de ellos desahogaba su alma llena de emociones encontradas por haberse enamorado de otro hombre con el que había sostenido una relación extramarital, y no era cualquier hombre, era un seminarista que ofrendaría su vida a Dios.

Yaya se cuestionó si tenía derecho de seguir leyendo, era la intimidad de su madre, pero no podía parar. Intuitivamente sabía que en ese diario encontraría respuestas a lo que ella estaba viviendo, así que hizo a un lado la colcha con la que se cubría, se acostó en el piso y continuó.

Esta misma noche

Romper con lo establecido no era tan fácil. Las reglas sociales y religiosas iban en su contra, por lo que, a pesar de lo que Emilia y Ramiro sentían y de lo difícil que había sido despegar sus cuerpos después de esa primera entrega amorosa, decidieron separarse. Estaban conscientes de que entre ellos no había futuro, así que cada uno seguiría con su vida a pesar del amor que se profesaban. Entre lágrimas se despidieron, el dolor del adiós se hizo presente y a partir de ese momento lucharon por reprimir su deseo, por no encontrarse de nuevo y por dejar de pensarse.

Pero la culpa comenzó a permear su diario andar y a sumergirlos en un abismo profundo de desazón y angustia que no veía fin. Se sentían peor que Adán y Eva al morder el fruto prohibido. Él estaba por convertirse en un representante de Dios en la Tierra y eso implicaba votos de obediencia, pobreza y castidad. Ella se veía como la peor de las mujeres por haber caído en la tentación de la carne con un hombre que no solo era prohibido, sino que vestía una sotana y pronto se convertiría en un emisario del Señor. Ambos, al volver a su realidad, empezaron a vivir en un infierno después de haber tocado el cielo, pero el río de pasión descubierto era imposible de aquietar. Ramiro se cuestionó su vocación y su misión, y Emilia su rol como esposa y madre. Ninguno de los dos quería renunciar al amor que se profesaban y en ellos surgió el deseo de defender su relación, aunque terminaran juntos ardiendo en el inframundo.

Después de una guerra interna exhaustiva, de días llenos de aflicción y congoja y de noches sin dormir, el amor que se profesaban ganó. Sin saberlo ambos habían decidido buscarse después de la misa dominical. Al llegar, el sacristán recibió a Emilia con un mensaje escrito que le entregó sin que nadie lo viera. De reojo vio la letra y reconoció que era la de Ramiro. Ella estaba con Antón y por poco se desmaya al leer que la estaba esperando en la sacristía.

Durante la misa sintió que el corazón le explotaba, no quiso comulgar, lo cual le pareció extraño al padre David, quien con los ojos la presionaba a formarse para recibir la hostia bendita, pero Emilia no lo hizo y esperó con impaciencia que la eucaristía terminara. De inmediato pretextó la necesidad de ir a comprar unos rosarios y corrió al encuentro con ese hombre que la había llevado a romper todos sus límites.

Al estar uno frente al otro habrían dado la vida por tocarse, por besarse, pero no podían hacerlo, había otras personas presentes, así que mientras compraba los relicarios ratificaron su amor.

—Me reconozco pecador, pero no puedo estar sin ti —susurró Ramiro.

—Sé que lo nuestro no puede ser, pero mi corazón no puede estar equivocado al amarte —dijo vehemente Emilia.

—Le he pedido a Dios de mil maneras que me ayude a olvidarte, pero no lo ha hecho. Todavía te llevo marcada en la piel.

—Tampoco he podido arrancarme ni tus besos ni tu caricia —le mencionó bajito Emilia, para que nadie los escuchara mientras le mostraba los rosarios.

—No tengo dinero, ni tierras, no tengo más que mi amor para ofrecerte —afirmó el seminarista.

—Prefiero tu amor puro y honesto que la riqueza llena de vacío en la que vivo —le aseguró mi tatarabuela mientras lo veía fijamente.

Ramiro respiró profundo y convencido le ofreció un futuro distinto:

—Empecemos una nueva vida en un lugar lejos de aquí, en donde nadie nos conozca.

Emilia, como respuesta, lo miró intensamente y rozó su mano. No tenía ninguna duda de que era con él con quien quería estar.

—Dime cuándo, dónde, a qué hora y ahí estaré —dijo convencida Emilia.

Ambos estaban dispuestos a dejarlo todo, no importaba ni la religión, ni la sociedad, ni siquiera la pequeña Yaya, y aunque le dolía profundamente dejarla por un tiempo con Antón, Emilia sabía que no podía llevársela a un futuro tan incierto, tendría que esperar para volver por ella hasta tener un lugar seguro que ofrecerle.

Los dos planearon irse esa misma noche. El alma de Emilia se llenó de alegría, en veinticuatro horas romperían con todo y comenzarían una nueva vida fuera de los convencionalismos de la época. Ellos tenían la certeza de que Dios los perdonaría, porque algo tan hermoso y bello no podía estar maldito.

Siendo un día de descanso, Emilia tenía que esperar a que su marido se fuera con sus amigos como lo hacía todos los domingos por la tarde. En cuanto Antón cerró la puerta, corrió a su recamara, sacó el dinero y las joyas que tenía. La vida tenía que caberle en una maleta, así que decidió dejar sus vestidos caros, sus abrigos y zapatos finos. Solo eligió lo indispensable. Volteó a ver su argolla de matrimonio, y pensó en ese anillo como un símbolo de una cadena perpetua que ese mismo día rompería. Sin dudarlo se lo quitó y lo puso en el tocador, al lado de la loción que usaba Antón y que tanto le desagradaba. Emilia estaba total y absolutamente decidida a irse de su lado para no volver.

Con todo listo salió al jardín en donde Yaya jugaba. Sería ese el último día en que estarían juntas, al menos por unos meses en lo que regresaba por ella, y, sin que su hija pudiera entender, sincera le dijo:

—Perdóname, por favor. No puedo condenarte a mi locura. Espero que algún día puedas comprenderme, pero si sigo aquí voy a morirme de tristeza.

Yaya suspiró, se detuvo para tratar de recordar ese momento, pero no tenía ninguna memoria de ese encuentro, en aquel entonces tendría un poco menos de un año de edad.

Al ver la ternura con la que la bebé la veía, Emilia dudó un poco, pero en ese instante pesó más la mujer que la madre. Tenía el tiempo justo para encontrarse con Ramiro. Cualquier retraso podría cambiar su destino y era algo que no podía permitir. La abrazó y le dio la bendición. Sin mirar atrás la dejó con su nana. Anhelaba profundamente vivir su amor en libertad y vengarse con su abandono de las infidelidades, violaciones y malos tratos de Antón, que estaba segura sería víctima del escarnio público por cornudo.

Otra vez Yaya detuvo la lectura. Se dio unos segundos e intrigada se preguntó: ¿por qué su madre no se había ido y seguía al lado de Antón, a quien odiaba tanto? ¿En dónde había dejado todo ese fuego y amor que describía en su diario? ¿En dónde estaba ese hombre que había impactado tanto la vida de su madre? Demasiadas preguntas sin respuesta.

Quiso continuar con las siguientes hojas, pero estas estaban llenas de dolor, los párrafos eran difíciles de leer, las lágrimas de Emilia habían corrido la tinta. Solo alcanzó a vislumbrar la presencia del padre David en algún momento de la historia, la sensación de ser una pecadora y el dolor profundo en el que cayó al no poder vivir su gran amor.

En la parte alta de la última hoja había una frase que conmovió a Yaya.

Conocerte le ha dado sentido a mi existencia,
no sabía que Dios habitaba en mi corazón
hasta que comencé a amarte.

Al menos ese no era el Dios castigador que tanto habían tratado de inculcarle a ella. Su madre hablaba de un Dios amoroso que estaba basado en el gozo de dos almas que se reconocen y se funden; de uno que aceptaba el amor más allá de los condicionamientos sociales o religiosos; de uno que manifestaba el vibrante sentimiento de la compasión y del amor incondicional.

Yaya terminó de leer. No sabía cuánto tiempo había permanecido en su habitación, pero cada segundo había valido la pena.

Ahora podía comprender por qué su madre deambulaba como alma en pena y por qué hacía penitencia por cualquier motivo. Se quedó pensando en que si Emilia se hubiera fugado con el seminarista, seguramente sonreiría todos los días, su carácter sería alegre y su piel estaría radiante. No luciría seca, sin brillo, ni tendría un semblante triste y adusto ante la falta de ilusiones. Estaba segura de que si hubiera huido con Ramiro la habría apoyado en no casarse con Braulio, porque habría entendido que ella sintiera la misma animadversión por él que la que su madre tenía por su progenitor. También tenía la certeza de que si Emilia se hubiera marchado y no hubiera podido regresar por ella, jamás se lo habría reprochado, porque al menos una de las dos habría sido feliz. Al quedarse les había cobrado a todos su insatisfacción, su desamor, su rabia, en especial a Yaya, quien por ser mujer se había convertido en un espejo muy difícil de mirar.

Acomodó las hojas para meterlas en la caja de metal, pero tuvo miedo de que alguien más las leyera, así que mejor las rompió y las quemó. Prefirió convertir sus memorias en cenizas a correr el riesgo de que otro ventilara el secreto de su madre. Abrió la ventana y las lanzó al aire; como en una especie de ritual pidió al creador liberar el alma de Emilia de todo remordimiento y culpa, y como si el cielo le respondiera, un arcoíris se dibujó frente a ella.

La decisión

Lo vivido por Emilia conectó de nuevo a Yaya con su esencia y encendió su rebeldía. En ese momento se negó a repetir la misma historia que experimentó su madre, a pesar de que estaba recién casada con Braulio y de saber que ya traía la soga en el cuello. Su matrimonio estaba inscrito en el mismo marco de realidad que el de sus padres, y aunque ya habían pasado algunos años desde que Emilia y Antón se casaron, las costumbres se mantenían intactas. Así que de mi bisabuela se esperaba lo mismo que de otras mujeres de su época: total obediencia a lo establecido, una unión perfecta y una maternidad llena de hijos, pero Yaya quería un destino diferente.

Después de haber leído el diario de su madre nada volvería a ser igual para ella. Se vio en el espejo y algo había cambiado en su mirada. Su espíritu indomable había cobrado vida de nuevo, se rebeló ante las creencias castrantes del cura y de su familia y en ese instante tomó la decisión de eliminar de su mente al Dios castigador y en su lugar solo escucharía su corazón.

Se despojó de sus ropas y se metió a bañar. Pudo sentir las gotas del agua tibia recorrer su cuerpo, la consciencia de su piel estaba de nuevo despierta. Comenzó a tocarse, con cada respiro aumentaba su excitación, y justo antes de llegar al orgasmo, la imagen de Patricio apareció en su mente. Se le aceleró el corazón y se quedó sin aire. En ese momento frente a ella se desplegaron los dos caminos que tenía. El primero era regresar a su hacienda y permitir que Braulio la tomara, porque sería muy difícil volver a drogarlo al llegar; el segundo, ir a buscar a Patricio y descubrir si él aún tenía interés en ella después de tantos desprecios. Con esto en mente y sin alcanzar un orgasmo, tomó la toalla, se secó y salió del baño desnuda.

Todavía no se llevaba toda su ropa, así que eligió un vestido ceñido al cuerpo, se maquilló un poco, se puso perfume, respiró profundo y tomó la decisión de dirigirse al hotel, en donde esperaba siguiera hospedado su cuñado, sin preocuparse si su marido había notado su ausencia.

Al salir a la calle vio en la ventana a su madre, quien con un gesto le preguntó que hacía ahí, para evitar responderle solo la saludó ondeando la mano y partió. Mientras caminaba se dio cuenta de que jamás la volvería a ver igual. Las dos tenían la misma naturaleza, eran instintivas, sensuales y eróticas, aunque nadie pudiera pensarlo. Descubrir la historia que Emilia traía escrita debajo de su piel despertó en ella una profunda compasión y empatía, y a pesar de la distancia y la frialdad con la que siempre la educó, pudo abrazarla en su imaginación y comprenderla no como hija, sino como mujer.

Yaya desconocía que existen las lealtades invisibles dentro de un clan, en las que sin estar consciente se cae en los mismos abismos, en los mismos patrones y se repiten las mismas historias. Son acuerdos no tangibles establecidos con las almas que forman un mismo linaje hasta que alguien logra romperlos, pero no sería Yaya quien lo haría. Sin saberlo, ella estaba a punto de repetir la misma historia, como otras de sus mujeres ancestrales, incluyendo a su madre, al haber tomado la decisión de buscar a Patricio, un hombre prohibido para ella.

Al llegar, observó el lugar, no quería que nadie la reconociera, así que se esperó a que una pareja saliera de la recepción. Su corazón latía con intensidad. Se acercó discreta al hombre que atendía detrás del escritorio y, ocultando su rostro, su anillo de compromiso y su argolla matrimonial, le preguntó si su cuñado aún seguía hospedado ahí. El encargado intentaba descubrir su identidad y la miraba morboso al saber que Patricio estaba sin compañía. En sus adentros creyó que se trataría de una mujer que ofrece sexo a cambio de dinero, porque una que fuera decente jamás visitaría sola a un caballero. Yaya estaba tan concentrada en su propio deseo que nada le importó, ni siquiera que el encargado la observara con una mirada tan soez. Y cuando él le confirmó que el hermano de Braulio continuaba en sus aposentos pudo sentir la humedad en su sexo que presagiaba el tan anhelado encuentro que durante tanto tiempo evitó. Una vez que supo que estaba en la habitación doscientos veintidós, se dirigió ahí y tocó la puerta.

Cada segundo parecía una eternidad, su respiración era agitada, y la emoción de verlo otra vez, ahora con la disposición de entregarse a él, la consumía. Después de varios toques, al comprobar que no atendía, la desilusión se hizo presente. Tal vez ya se había ido y el hombre de la recepción no lo había visto partir. Con total frustración y desasosiego giró para tomar el pasillo de regreso, pero justo estaba dando los primeros pasos cuando la puerta se abrió.

—¿Yaya? —preguntó sorprendido su cuñado.

Sonaba tan hermoso su nombre en la voz de Patricio, pensó mientras volteaba.

—¡Jamás imaginé que vendrías! Me estaba volviendo loco pensando en ti —le dijo mirándola fijamente.

Ahí estaba recién bañado, con el cabello mojado, el torso desnudo y una toalla amarrada a la cintura, abriéndole la puerta a lo que ella imaginaba sería el paraíso. Sin nada más en la mente que el deseo de fundirse con él, Yaya se acercó a Patricio, quien no dudó en tomarla con firmeza mientras la besaba. Ella ya era de él desde el momento en el que había tomado la decisión de ir a su encuentro. No necesitaron ningún preámbulo ni una estrategia para seducirse, sin más, Yaya le quitó la toalla. No tuvo reparo en observarlo desnudo y admirar la perfección de su cuerpo. Era tan bello, tan perfecto, tan animal. Ya había visto desnudo y erecto el cuerpo de Aníbal, así que no sintió el miedo de aquella vez y pudo deleitar su mirada observando su virilidad. Patricio como respuesta la cargó y la condujo a la cama.

Alargando el deseo comenzó a despojarla lentamente de sus ropas, Patricio no tenía prisa. La tendió sobre la colcha de algodones finos y suaves y la recorrió con su mano mientras le susurraba al oído cuánto la deseaba.

Patricio quería hacerle el amor a cada milímetro de su piel, quería fundirse con ella en el placer y navegar océanos de sensaciones a su lado. Después de despojarla de su ropa interior quiso observarla desnuda y admirar sus volcanes y sus valles, sus texturas y sus colores, sus movimientos y sus oleajes. Así que se detuvo un poco para deleitar su mirada. Yaya quería ser tomada, penetrada, gozada, pero Patricio quería conducirla paso a paso a un disfrute jamás explorado.

Las cortinas aún permanecían cerradas y solo un rayo de la luz del sol iluminaba el cuerpo perfecto de ambos. Patricio volvió a acercarse a ella y, sin tocarla, inhalaba su aroma y vertía sobre ella el aire caliente que salía de su boca. Yaya se arqueaba de placer. Después tomó una vela, la prendió y dejó caer gotas de cera caliente sobre su abdomen, lo que le provocaba un pequeño ardor que contrastaba e intensificaba el placer que cada vez más se adueñaba de ella.

En ese momento, Yaya era la diosa Afrodita que se entregaba en plena consciencia a un mundo en el que no existía mente, solo cuerpo y corazón. Así descubrió mil sensaciones nuevas a través de todo su ser, respiraba a través de su sexo, que se había convertido en un volcán a punto de hacer erupción.

Yaya no pudo más y susurró:

—Tómame.

Patricio con su virilidad firme y deseosa, le abrió las piernas y, observando la belleza de su intimidad, se montó en ella y la penetró. Yaya era virgen, pero no sintió dolor, al contario, su cuerpo estaba listo para fundirse en él. Patricio, sin dejar de estar dentro de ella, la giró y la montó encima de él; colocó sus manos firmes en las nalgas y marcó el ritmo de sus movimientos. Eran dos cuerpos, dos corazones y dos almas convirtiéndose en un solo cuerpo, un solo corazón y una sola alma. La intensidad fue en aumento y sudorosos y jadeantes alcanzaron al mismo tiempo el orgasmo.

Después de una lluvia de líquidos que mezclados hicieron magia pura, llegó el silencio cercano a la muerte y su respiración agitada poco a poco fue alcanzando la calma.

Ninguna de las noches que se masturbó se acercaba a lo que experimentó con Patricio, tampoco cuando se excitó y tuvo un orgasmo en el cuarto en el que Tomasa y Aníbal hicieron el amor. Lo que acababa de suceder entre Patricio y ella era el éxtasis, la pasión pura, la sublimación máxima del sexo sagrado en el que la comunión con el otro y con ella misma la elevaba a un lugar de placer jamás sentido. Ahora podía entender aún más a su madre, y por qué al vivir algo similar había pensado en dejarlo todo atrás, incluyéndola a ella.

Después de haberse fundido, permanecieron abrazados. Sus cuerpos desnudos fueron encontrando su propio ritmo mientras en ambos crecía el deseo de no tener que separarse jamás.

Los dos se quedaron viendo, tratando de inmortalizar ese momento y se quedaron dormidos respirándose.

Un golpe de realidad

Después de un rato la realidad comenzó a manifestarse. Patricio y Yaya despertaron, saliendo del embrujo. A ella le hubiera gustado borrar su propia historia para crear una nueva al lado de su amante. Tan fácil que hubiera sido, si sus padres hubieran elegido a Patricio como su marido y no a Braulio, pero ella no corrió con tanta suerte. Él era su cuñado y lo seguiría siendo mientras estuviera casada con su hermano mayor. Los dos permanecieron en silencio, con los ojos abiertos, aferrándose a la mirada del otro, hasta que Yaya preguntó:

—Y ahora, ¿qué vamos a hacer?

Una pregunta simple, pero que para ella comprendía la ilusión de un nuevo andar al lado de un hombre al que su corazón sí había elegido, no una sociedad, no unos padres, no una Iglesia. Porque en ese instante no había rastros ni de culpa, ni de miedo, ni de sensación de pecado; al contrario, la habitaba la alegría, la plenitud, el gozo.

Patricio se tomó unos segundos para responder.

—No lo sé. Solo quiero tenerte en mis brazos para siempre.

Sincero se aferró a su cuerpo evadiendo pensar en algo más. Yaya intuitiva supo que algo ocultaba.

—¿Qué pasa?

Se separó un poco de él, y pudo percibir cómo en esta ocasión esquivaba su mirada y se desconcertó. Detrás de él, algo en el buró llamó su atención, se estiró y lo tomó. Era una argolla matrimonial con un nombre grabado en el interior.

—¿Quién es Luz María? —preguntó.

Patricio sabía que no había escapatoria. Tenía que decir la verdad.

—Mi esposa.

Yaya se incorporó de inmediato.

—¿Estás casado? —lo cuestionó con un cúmulo de emociones que se agolpaban dentro de ella.

Patricio la miró, no podía pronunciar palabra, solo afirmó con la cabeza.

—¿Por qué no me lo dijiste? —dijo furiosa.

—Pensé que lo sabías.

—No insultes mi inteligencia —enojada le reviró.

Él trató de encontrar una salida fácil.

—Supuse que como tú también lo estabas, no tendría importancia.

Yaya sintió la rabia recorrer todo su torrente sanguíneo.

—¡Yo estoy casada con tu hermano desde hace unas horas y desde que nos conocimos supiste de nuestro compromiso, pero tú no fuiste honesto conmigo y te presentaste ante mí como si fueras un hombre libre!

—Creí que Braulio te lo había contado.

—¡Pues no lo hizo y a ti te convino que no lo hiciera!

Fuera de sí le reclamó.

—¡Eres un cínico, pudiste habérmelo dicho hoy antes de hacer el amor, pero lo único que siempre quisiste fue poseerme!

Tomó la sábana y cubrió su desnudez. Jamás pensó que él tuviera esposa. Braulio nunca le mencionó nada sobre la vida de su hermano menor, ni de ningún otro miembro de la familia, la poca relación que tuvieron antes de casarse no dio espacio para eso.

—No sé cómo se me ocurrió venir a buscarte, por un segundo creí que, a pesar de las circunstancias, había surgido entre nosotros algo distinto, algo que valía la pena vivirse.

Yaya se dio cuenta de que era tanto su vacío que pensó llenarlo con él, cuando no tenía ninguna base para hacerlo, cuando nunca había necesitado de alguien más para sentirse viva.

—Qué ingenua fui al creer que podía tener un destino diferente al que mis padres eligieron para mí.

Enojada con ella misma por haber construido una ilusión que se desmoronó en el aire al primer instante, se puso de pie, se encerró en el baño y, con un llanto ahogado, llena de furia rompió con el puño el espejo que reflejaba su rostro. Patricio se levantó de inmediato y comenzó a tocarle la puerta pidiéndole que le abriera. Al no hacerlo, la pateó hasta conseguir romperla. Al entrar vio la sangre que no dejaba de salir de la mano de Yaya.

Se acercó a ella y le arrancó del dorso de la mano un cristal que se le había enterrado y que estuvo a nada de cortar una vena. Al sentir el contacto de su piel, Yaya lo empujó, no lo quería cerca; enjuagó su herida, desgarró un trozo de la sábana y con él envolvió su mano para detener la hemorragia.

Al verlo a los ojos confirmó que su alma se había roto en mil pedazos.

—No te pongas así, yo puedo estar viniendo a verte. Ni mi hermano ni mi esposa tienen por qué enterarse de que tú y yo tenemos una relación —dijo convencido Patricio.

Pero eso no cabía en la mente de Yaya, ella era mucha mujer para aceptar vivir en la sombra, era mejor enfrentarlo.

—¿Y tú crees que yo valgo tan poco como para conformarme con ser tu amante? No, Patricio, una mujer como yo lo merece todo —dijo segura de sí.

—Lo sé, pero no puedo ofrecerte nada más. Luz María está embarazada. Estoy esperando a mi primer hijo.

Por un segundo Yaya sintió que le faltó el aire. Patricio insistió.

—Además tú tampoco puedes dejar a Braulio. Eres su mujer.

—Te equivocas, podré estar casada con él, pero yo no "soy" mujer de nadie —dijo definitiva.

Gracias a su hermano, Patricio era consciente del carácter rebelde de Yaya y era algo que le atraía, salvo en ese momento en que hubiera preferido mayor candidez.

—Por favor, Yaya. No compliques más las cosas. Desde que te vi deseé hacerte el amor y quiero seguir haciéndotelo el resto de mi vida. Con nadie había sentido tanto placer.

Al ver que ella no respondía, insistió.

—Acepta lo que te propongo y vivamos lo nuestro en secreto —dijo Patricio suplicante.

La propuesta era tentadora, pero Yaya sabía que se arrepentiría si aceptaba ocupar un lugar que no era digno para ella. A pesar de haberse entregado a él y de lo que el hermano de su marido había despertado en ella, tendría que sacarlo de su vida.

—No existe ningún "lo nuestro" —exclamó Yaya categórica.

Negó con la cabeza, recogió su ropa del suelo y se vistió con rapidez. Caminó hacia él y lo encaró.

—Contigo conocí el cielo, pero bastó un segundo para que cayera en un despeñadero. Olvídame. No quiero volver a verte —dijo decidida Yaya.

Patricio trató de disuadirla, de convencerla de mantener su amasiato, pero ella estoica lo rechazó a pesar de lo que le dolía separarse; a pesar de que hubiera sido más fácil quedarse; a pesar de que difícilmente volvería a encenderse con alguien más como con él; a pesar de tener que regresar a vivir al lado de un hombre intolerable; a pesar de que una gran parte de ella misma se estaba muriendo.

En ese momento, Yaya juró que jamás lo perdonaría. Patricio la había traicionado. Ella estaba consciente de que no podía juzgarlo por serle infiel a su mujer, ella también lo era a su marido, pero lo que la había despedazado internamente era que él la hubiera engañado al no decirle toda la verdad. Cuando pudo haberlo hecho, pero él optó por ocultarle su realidad con la idea de que algún día ella cayera en las redes de la tentación, y lo había logrado. De haber sabido que estaba casado y a meses de ser padre jamás hubiera ido a buscarlo. Y su vida, aunque monótona, hubiera sido más llevadera, al no haber probado el sabor de los placeres ocultos a su lado. Las memorias en la piel son difíciles de olvidar y su mayor castigo sería traer tatuado el recuerdo de Patricio en la suya, como su madre traía el del seminarista.

Había sido tanta su necesidad de amar y de ser amada con placer, que creyó que con Patricio podía crear un nuevo universo, como el que su madre había intentado con Ramiro. Yaya estaba dispuesta a iniciar una nueva vida con él, pero para hacerlo faltaba la voluntad de los dos y, por lo visto, su relación no había nacido bajo la luz del amor, sino solo bajo la luz de la pasión. Una pasión de esas que arrebatan, queman e hipnotizan, pero que después de vivirla es difícil sostener, porque para hacerlo ambos deben desear romper con todo lo establecido, y este no era el caso. A diferencia de Ramiro, que estuvo dispuesto a abandonar su futura unión con Dios, Patricio no estaba dispuesto a dejar la que tenía con su esposa.

A partir de este encuentro con Patricio ya nada sería igual para Yaya. Su alma había quedado marcada con una profunda herida de desilusión, tristeza y abandono.

Triste realidad

Yaya deambuló entre las calles de Valle del Ángel. ¿Qué haría ahora con su vida? ¿Cómo podría llegar a la hacienda y vivir con Braulio como si nada hubiera pasado? ¿En dónde, en esta sociedad patriarcal, existía un lugar para una mujer como ella?

Casi era la medianoche cuando por inercia llegó a su nuevo hogar. Braulio estaba fuera de sí, no podía creer que su esposa hubiera desaparecido todo el día sin dar la menor señal. En cuanto entró, fue hacia ella y con violencia la zarandeó en el aire mientras le preguntaba furioso:

—¿En dónde carajo te metiste?

Yaya solo lo miró, era una mujer con el alma rota que no tenía ánimos de contestar ni de explicar, mucho menos de pelear. La agresión a su cuerpo poco le importaba en comparación a la que había vivido en el corazón al descubrir la realidad de su amante.

—Tranquilízate, hermano —dijo firme Patricio, en lo que lo tomaba del hombro obligándolo a soltarla.

Al oír su voz, Yaya se giró para verlo con una mirada llena de rencor, no podía creer que estuviera ahí y tuvo ganas de agarrarlo a golpes y sacarlo de su casa. Ante la petición de su hermano, Braulio se contuvo y la soltó.

—¡Contéstame, Yaya! ¿Por qué te fuiste todo el día sin avisarme? ¿En dónde estabas? ¿Con quién estuviste?

Yaya vio a Patricio, quien con mirada suplicante le pedía que no dijera nada. Sabía que si el secreto que compartían era revelado Braulio estallaría en cólera, la furia lo cegaría y la vida de todos estaría en peligro. Yaya pensó en gritarlo, en vengarse enfrentando a los hermanos, en ese momento no le importaba nada y cuando estaba a punto de hacerlo, Patricio se le adelantó.

—Bueno, los dejo solos. Es hora de irme, solo vine a despedirme —dijo para romper la tensión.

—Buen viaje, hermano, perdona a mi mujer por no haber estado aquí para atenderte —dijo Braulio conteniendo su coraje.

—No, no te preocupes por mí, qué bueno que tu esposa llegó y que se encuentra con bien —afirmó Patricio mientras no dejaba de ver a la mujer que hacía apenas unas horas vibraba entre sus brazos.

Yaya le sostuvo la mirada y fue Patricio quien tuvo que evadirla. No quería que su hermano fuera a darse cuenta de la tensión que había entre ellos. Braulio vio la herida en la mano de su señora.

—¿Qué te pasó? —la cuestionó intrigado.

—Nada que no pueda olvidar —contestó Yaya a su marido, pero con la intención de que a su cuñado le quedara claro lo que sentía.

Braulio no entendió por qué su mujer le contestaba eso. Patricio tenso interrumpió.

—Me voy.

Braulio trató de controlar su enojo, al menos hasta que su hermano se hubiera retirado.

—Te esperamos pronto y la próxima vez que vengas, dame el gusto de que te hospedes aquí con tu mujer y con mi futuro sobrino.

Yaya sintió cómo su cuerpo se contrajo solo de imaginar tenerlo cerca rodeado de su familia. Patricio se acercó a ella y con total propiedad le dijo:

—Cuñada, deseo que estés bien y ojalá que la próxima vez haya más tiempo para verte… bueno, para verlos —Patricio rectificó de inmediato.

Una de las sirvientas entró a rellenar las copas de vino y en lo que Braulio le daba instrucciones de ya no hacerlo y levantar el servicio, Patricio se acercó a Yaya y entre dientes le dijo:

—Me quedé muy preocupado por ti, por eso vine a buscarte.

Yaya con odio en la mirada le contestó:

—Púdrete en el infierno. No vuelvas a poner un pie en mi casa jamás.

Braulio caminó hacia ellos. Patricio se despidió de su hermano, luego giró para ver de nuevo a su cuñada, pero ella ya no le devolvió la mirada.

En cuanto Patricio salió por la puerta, Braulio la tomó y la cargó como si fuera un bulto mientras ella pataleaba y le exigía que la soltara y no la tratara así. Pero a él poco le importó lo que su esposa le pedía e impuso su fuerza física. La llevó a su habitación, la despojó de sus ropas sin ninguna delicadeza y la tendió en la cama. Era tanta su urgencia que sólo desabrochó su cremallera, bajó su pantalón y la penetró sin mayor preparación, ni caricias, ni juego amoroso. Ni siquiera percibió que ella ya no era virgen, ni el olor a sexo que su hermano había dejado en ella. Estaba demasiado concentrado en sí mismo, había esperado meses, semanas, días, horas para tenerla disponible en su lecho. Yaya se sorprendió, estaba viviendo la primera noche con su marido como si ella no habitara su piel, como si pudiera ser alguien más que solo observaba lo que estaba ocurriendo sin que ninguna fibra de su interior se moviera. Esa noche no sintió dolor, ni placer, ni nada. Su cuerpo se había desconectado con la desilusión.

Mientras su marido conseguía su propia satisfacción, a Yaya le quedó claro que su vida sería igual a la de su madre y pudo ver su futuro con total claridad. A partir de ahora para subsistir, tendría que consagrar su vida al hogar, alistar la ropa y la comida, departir con sus amigas en las tardes, participar en las actividades de la iglesia, aceptar ser tomada por su marido cuando él lo deseara, esperar el nacimiento de cuantos hijos Dios le quisiera mandar y, por supuesto, agradecer todos los días por la bendición de una vida "perfecta". En esta se encontraba al lado de un marido que le daba su apellido y reconocimiento social, en lugar de encerrada en un convento, en un burdel, o siendo la amante de su cuñado.

En esa época Yaya, siendo mujer, no tenía muchas alternativas y en apariencia ella gozaba de la mejor opción de vida que existía al tener la oportunidad de consagrarse a su esposo y a su matrimonio. Sin embargo, su esencia estaba teñida con el color de la rebeldía y esta en algún momento buscaría de nuevo la salida. Quizá no la deseada para alguien a quien amas, pero el alma siempre encuentra sus propios atajos, y la de ella descubriría, en los años por venir, la forma de liberarse y de crear su propio universo.

La llegada

A diferencia de Emilia, Yaya aprendió rápidamente a mantener su cuerpo bloqueado, pero para su desgracia Braulio no le era infiel y la prefería a ella que a las prostitutas del lugar. Nunca tuvo claro si era por el juramento que hizo ante el altar, por la moral tan estricta con la que fue educado o porque con ella fornicar era gratuito. Mi bisabuela ya había comprobado que su marido era muy tacaño, él estaba convencido de que para seguir siendo rico tenía que evitar cualquier gasto innecesario, y para qué gastar en sexo si podía tenerlo en la misma cama en la que dormía. Así Braulio la poseía los lunes, los miércoles y los viernes, salvo cuando se celebraba alguna fiesta religiosa, entonces se saltaba el día y retomaba cuando tocara. Yaya volvió a utilizar las gotas que le había dado Tomasa en algunas ocasiones, pero con esta frecuencia amatoria era imposible tener drogado a su marido casi toda la semana. Así que dejó de usarlas, finalmente no tenía mucho que hacer en los encuentros maritales: se ponía un camisón de algodón blanco, ya que a su esposo le gustaba fantasear que ella era virgen cada noche, y se tiraba sobre el colchón a las nueve con treinta. Él salía del baño solo con la ropa interior puesta, se acercaba a ella y la giraba para no ver la cara de insatisfacción que siempre le mostraba. Yaya no estaba dispuesta a fingir en la cama, pensaba que su actitud fría y distante provocaría que él no quisiera estar con ella, pero su belleza arrolladora hacía que solo con ver su cuerpo desnudo Braulio se prendiera; se sentía muy hombre al saber que ante el mundo entero él era su dueño. Lo único que hacía Yaya era esperar paciente a que su marido se viniera con un estruendoso gemido. Después él se acostaba a su lado, al tiempo que ella corría al baño para hacerse una ducha vaginal de agua con vinagre y una pizca de sal. Le habían dicho que de esta manera no quedaría embarazada. Yaya no deseaba ser madre y prefería ser señalada y enjuiciada por no servir como mujer, a correr el riesgo de engendrar a una niña que tuviera que pasar por lo mismo que la abuela y que ella habían vivido.

No podía comprender cómo fue que su madre no trató de interrumpir su embarazo ante la posibilidad de dar a luz a una hija, cuando Emilia, por ser mujer, ya había tenido que renunciar a su felicidad con su primer amor, reprimir su gozo y sufrir los abusos sexuales de su marido. Qué necesidad de traer a una hembra al mundo con semejante linaje marcado por mujeres que acababan quedándose solas e insatisfechas, aunque estuvieran acompañadas de un hombre; por mujeres que renunciaban al placer para adaptarse a los convencionalismos sociales; por mujeres que al explorar lo más sagrado que había en ellas terminaban sumergidas en el mismísimo infierno.

Por ello, a pesar de la presión de Braulio por tener un hijo, de su padre Antón por tener un nieto, del cura por tener un nuevo pastor en su rebaño y del doctor, que no encontraba nada extraño por lo que ella no pudiera embarazarse, Yaya solo fingía desconcierto por no poder concebir. A nadie le confesaba su secreto para evitarlo, ni aun a Emilia que, preocupada por el valor que la maternidad le daba a una mujer, le dijo que la llevaría en secreto a que la sobara una curandera, porque si no tenía hijos corría el grave riesgo de ser abandonada por su marido y sustituida por alguien que garantizara que Braulio tuviera descendencia que perpetrara su apellido.

Yaya utilizaba cualquier pretexto para darle largas a su madre y no tener que asistir con la chamana. La fiesta del próximo cumpleaños de su esposo le dio la razón perfecta para seguir haciéndolo, ya que tenía que poner toda su atención y energía en el festejo. Emilia accedió, pero avisó a la sanadora que pronto la visitarían.

Llegó el día de la celebración. Yaya revisó la lista de invitados y descansó al corroborar que Patricio no asistiría. Braulio estaba feliz y presumía ante todos a su mujer, no solo por ser bella sino porque era una extraordinaria ama de casa y anfitriona. Yaya solo sonreía y asumía su rol de esposa perfecta. Todo parecía transcurrir como lo había planeado, el reloj marcaba las doce de la noche y con ello llegaba el cumpleaños de Braulio. Yaya dio la orden para que dos sirvientes trajeran el increíble pastel de cinco pisos con las velas encendidas. Los asistentes comenzaron a entonar las mañanitas cuando la puerta principal se abrió y, tomando la voz cantante principal, apareció Patricio, quien se unió al festejo y se fundió en un gran abrazo con su hermano. Mientras lo felicitaba, con la mirada buscó la de su cuñada. Yaya congeló su sonrisa al verlo y al descubrir que detrás de él estaba su esposa de ocho meses de embarazo. El coraje que sentía por él cobró fuerza de nuevo.

Braulio celebró la sorpresa, tenía meses sin verlo, así que le dio una bienvenida muy cariñosa, dedicándole unas palabras ante todos, en las que confesaba el gran amor que le tenía y afirmaba que su hermano era la persona más leal y confiable que conocía. Yaya negó levemente con la cabeza imaginando lo que hubiera ocurrido si aquella noche en la que llegó de hacer el amor con él, hubiera revelado ante su marido su amasiato.

Ella se limitó a saludarlo por cortesía y no emitió palabra alguna al conocer a su concuña, se disculpó y continuó atendiendo a los invitados. Pero Patricio no podía controlar el deseo de estar cerca de ella. Desesperado, acomodó a su esposa con otras mujeres y con la mirada la fue cazando. En cuanto vio la oportunidad de tener un momento a solas con ella, pasó a su lado y la jaló, metiéndola al baño. En su fantasía pensó que con la distancia Yaya habría perdonado su engaño, que su ansia de placer también la dominaría y que en cuanto estuvieran a solas se desgarrarían la ropa y se entregarían con la pasión y furia que desataron juntos en su primer encuentro, pero para su sorpresa no fue así. La mujer que ahora estaba frente a él no había derretido sus barreras. Su cuerpo seguía congelado y su corazón se había endurecido.

—¿Qué haces? —le dijo Yaya mientras sostenía una mirada retadora.

—Sé que tú no querías verme y por eso le dije a mi hermano que no vendría, pero cambié de opinión. No podía perderme la oportunidad de volver a estar contigo.

—Estás loco, quítate de la puerta y déjame salir —lo increpó Yaya contundente.

—Por favor, escúchame. No sé qué me hiciste, pero no he dejado de pensar en ti ni un solo segundo —afirmó sincero Patricio.

—En cambio, tú estás muerto para mí. Creíste que podías jugar conmigo, pero te equivocaste.

—Yo no jugué contigo, te lo juro. Te deseaba como un loco. Te necesito, Vuelve a mí —dijo vehemente su cuñado.

—No pretendas quedarte bajo mi mismo techo esta noche, si no quieres que Braulio y tu esposa se enteren de la verdad.

—No te atreverías.

—No me retes —dijo segura Yaya.

—Lo perderías todo.

—Con tu engaño ya lo perdí. Con él se evaporaron mis ilusiones, mis sueños, mi propio placer.

Era tanto el deseo de Patricio de poseerla que su actitud fría y distante no lo frenó.

—Por favor, no me hagas esto. Ve cómo estoy —insistió.

Tomó su mano y la hizo sentir su sexo despierto, mientras él le tocaba los pechos. Creyó que eso bastaría para que ella cediera a sus deseos, pero este atrevimiento solo desató aún más su rabia. Yaya, llena de coraje, lo apretó con tal fuerza que lo hizo gritar y doblarse de dolor.

—Ahhh —gimió quejándose.

—No vuelvas a ponerme una mano encima. No te permito que me toques —dijo convencida, se zafó y dio un paso hacia la salida.

En ese momento, la puerta del baño se abrió de par en par. Era Braulio.

—¿Estás bien? Oí un grito —le preguntó su hermano.

Patricio estaba frente a la puerta abierta. Yaya había quedado justo detrás de esta. Braulio no podía verla. Si hubiera puesto atención la habría descubierto reflejada en el espejo que estaba sobre el lavabo, pero no lo hizo.

Patricio trató de controlar la situación.

—Eh, sí, yo también lo oí. Quién sabe quién gritó —le contestó mintiendo mientras respiraba profundo, contenía aún la gran incomodidad que sentía. Yaya había sacado toda su furia al agredirlo.

—Cierra bien la puerta, o qué, ¿estás esperando a alguien más? —bromeó Braulio.

—Eh… no, no te hagas historias. Solo olvidé ponerle la cadena —dijo Patricio con una sonrisa para tratar de aligerar la situación.

—Entonces apúrate, voy a buscar a mi esposa. Ya vamos a iniciar el baile.

Mientras Braulio se iba, Yaya tuvo que contener la respiración, si él la hubiera descubierto en el baño a solas con su hermano la habría expuesto ante todos como una mujerzuela y la habrían expulsado de la sociedad. Ser una mujer infiel era el peor de los pecados. La sexualidad femenina sin freno era más condenada que el acto de matar. Pero tuvo suerte, Braulio jamás imaginó que su esposa estuviera a solas con él, así que para no correr más riesgos y que nadie la viera salir, en cuanto él cerró la puerta y antes de que Patricio dijera una sola palabra, abrió la ventana y con habilidad saltó por ella.

Aún con la respiración agitada llegó unos minutos después al salón principal fingiendo que nada había pasado. Ahí la esperaba su marido para abrir pista. Patricio no pudo dejar de observarla toda la noche, ella ya había aprendido a disimular, así que se puso la máscara de la felicidad y no se la quitó en toda la velada. Para todos, parecía como si Yaya y Braulio fueran la pareja más sólida, amorosa y armónica de todo Valle del Ángel. Su vida lucía perfecta salvo por un detalle: no tenían hijos.

Piernas arriba

Por supuesto que la presión social no se hizo esperar y, durante la celebración, las preguntas sobre la llegada de la tan anhelada descendencia se hicieron presentes. Ya llevaban varios meses de casados y que su mujer no estuviera embarazada aún no dejaba bien parado a Braulio. Mi bisabuela trató de evadir los comentarios, pero estos eran tan insistentes que él comenzó a sentirse muy incómodo. Luz María se dio cuenta y se preocupó.

El cómo dejar preñada a una mujer era un tema que solo se hablaba entre mujeres, pero su cuñada sabía del profundo amor que su esposo le tenía a su hermano y por ello decidió acercarse a él. Venciendo la pena y la incomodidad, le pidió ir a un pasillo apartado de la hacienda en donde no corrieran el riesgo de que alguien los escuchara.

—Perdón que me meta, pero veo que no la estás pasando bien con tantos comentarios sobre tu futuro hijo.

Braulio tenso la vio.

—Estoy que me lleva la fregada, no entiendo por qué Yaya no queda encinta.

Luz María tomando valor le confesó:

—A nosotros también nos pasó lo mismo.

Braulio volteó a ver la evidente panza del embarazo de su cuñada y sintió una esperanza.

—¿Y cómo le hicieron?

—Pregúntale a tu hermano, a mí me da vergüenza contarte estas cosas, pero quería que supieras que existe una manera de ayudar a Dios en esto.

—Por favor, Luz María, dímela tú. No quiero poner mi hombría en entredicho ante Patricio.

Al verla dudando, insistió.

—Por favor, es muy importante para mí.

—Solo porque sé que a Patricio le importa verte feliz te lo voy a decir, pero insisto en que no son conversaciones entre un hombre y una mujer, así que tendrás que ser discreto y guardar en confidencia que yo te lo dije.

—Te doy mi palabra —dijo seguro, mientras ponía atención a cada detalle.

Mientras Braulio y Luz María platicaban escondidos del resto, Yaya se convirtió en la confidente de Valeria Larrañaga, la esposa de uno de los dirigentes del pueblo; quien, al no poder contener su dolor al ver a Patricio con su esposa, le contó entre lágrimas y culpa el romance que había sostenido con él hacía poco tiempo. Su cuñado había actuado de la misma manera con esa mujer que como lo hizo con ella, le había dicho casi las mismas frases para seducirla y obviamente con ambas había utilizado el mismo pretexto de ser un hombre casado con un hijo que venía en camino para no comprometerse a algo más que vivir el romance en un cuarto de hotel.

Descubrir que Patricio no solo le había ocultado la verdad sobre su estado civil, sino que también la había usado al igual que a otra mujer, la lastimó en lo más profundo de su ser. A pesar de todo, ella había creído que era alguien especial para él y le dolió en el corazón descubrir que seducir mujeres era su deporte favorito. Patricio, al verlas charlando y sentir la mirada de odio de Yaya, confirmó sus sospechas de haber sido descubierto en su donjuanismo.

En un cruce durante la fiesta él quiso justificarse.

—Recuerda que en cada historia siempre hay dos verdades.

—Eres un cerdo. Lárgate ahora mismo de aquí o te vas a arrepentir —le dijo llena de rabia.

A Patricio no le quedó más remedio que pretextar sentirse indispuesto y abandonar junto con su esposa el lugar, sin tomar en cuenta la insistencia de Braulio para que se quedara a pasar la noche en la hacienda.

Mientras su cuñado salía por la puerta, Yaya juró enterrarlo para siempre. En efecto, él era un macho conquistador que se validaba a sí mismo al llevar a las mujeres a la cama, pero Yaya se quedó sin saber que, después de haber probado el sabor de su piel, el anhelo por visitar de nuevo sus rincones brujos le había robado totalmente la paz y lo tenía fuera de sí.

Si bien Patricio se quedó con el deseo de volver a poseerla, el que sí la llevó a la cama, a pesar de que esa noche no le tocaba tener relaciones sexuales, fue Braulio, quien de inmediato puso en práctica los consejos de la esposa de su hermano para concebir un hijo.

Según las indicaciones, él se encargaría de montar a su mujer, Yaya acostada sobre la cama y él encima de ella; debía eyacular dentro de su vagina y de inmediato ponerla con las piernas estiradas en dirección al techo y recargadas en un ángulo de noventa grados en la cabecera de la cama con dos almohadas debajo de las nalgas. De esta manera garantizaba que su elixir fecundador llegara hasta los confines de su esposa y finalmente quedara preñada.

Yaya trató de engañarlo varias veces diciéndole que le urgía ir al baño, sabía que tenía que hacerse los baños vaginales, pero la esposa de Patricio había dejado muy claro que el éxito del procedimiento dependía de seguir perfectamente las indicaciones y había que estar en esta posición al menos una hora. Braulio fue inflexible con esto. Mando a hacer un reloj de arena, que colocó al lado de su cama y que giraba inmediatamente después de eyacular y de colocar a su esposa en la posición correcta con las piernas hacia arriba, sin dejar que se moviera sino hasta que cayera el último fragmento de arena. Para la desgracia de Yaya, el método de su concuña fue eficaz. Yaya no presentó sangrado en su siguiente periodo. Braulio había engendrado a su futuro heredero. Yaya estaba embarazada.

Esther

Yaya no quería a ese bebé que venía en camino, saberse embarazada fue una tortura, por ello pensó que sufriría de mareos, vómitos y náuseas, como señal del rechazo que sentía por ese ser que estaba en su vientre, pero no fue así. Lucía más bella que nunca y su mirada tenía un brillo especial. Además, la maternidad le trajo un gran regalo: Braulio dejó de buscarla en la intimidad. Era como si de repente él la hubiera colocado en una categoría casi celestial y por estar gestando se hubiera convertido prácticamente en la Virgen María. De verla y desearla como mujer en su mente, la convirtió en la perfecta y abnegada madre a la que no se le mete en la cama. Por tal motivo, Braulio tuvo que sacar de sus ahorros y asistir al burdel para pagar por sexo a otras mujeres, porque para él Yaya era intocable. Mi bisabuela vaya que lo agradeció, estaba harta de tener que estar disponible para ser tomada cada lunes, miércoles y viernes; estos días, por fortuna para ella, se convirtieron en cualquier otro día de la semana en el que no era necesario ponerse como receptáculo de los deseos de su marido.

Los meses de embarazo trascurrieron con tranquilidad hasta que llegó el momento del parto y nació Esther.

—¡¿Una niña?! No, eso no puede ser —gritó Braulio al recibir la noticia de parte del médico que atendió a su esposa.

Entró al cuarto en donde Yaya acababa de parir y, sin importarle cómo se sentía, le reclamó que hubiera parido a una niña, igual y como lo hizo Antón con Emilia, como si mi tatarabuela y mi bisabuela fueran las responsables de dar y elegir el sexo de sus herederos. En ese entonces estaba muy lejos de saberse que era el hombre quien lo definía.

Braulio estaba realmente contrariado, fuera de sí, tenía la presión familiar de engendrar un hijo varón, al igual que lo había hecho Patricio, para entre ambos perpetuar el apellido Zúñiga Escalante. Las mujeres al casarse lo perdían, al tener que usar el tan añejado "señora de..." para enfatizar la pertenencia al señor con el que se habían casado.

—Recupérate pronto —le ordenó Braulio—. No quiero que la amamantes. Contrata a una nodriza que la alimente. Quiero tener otro hijo cuanto antes.

Sin decir más, se dirigió a la puerta. Ahí se paró por un segundo, volteó.

—¡Y esta vez quiero que sea varón! —le dijo Braulio enfático.

Y salió de la habitación sin ni siquiera haberle dirigido una mirada a su pequeña hija, que había llegado a este mundo dentro de una familia en la que ser la primogénita era lo peor que podía pasar. Qué diferente habría sido si Esther hubiera nacido hombre. Braulio habría hecho una gran fiesta, lo habría tomado en brazos para presumirlo ante todos sus amigos, quienes ahora, con cierto pesar le ofrecían palabras de aliento ante la llegada de una hembra a su hogar.

Emilia se acercó preocupada a Yaya, diciéndole que pensó que ella rompería con la maldición familiar de siempre concebir hijas en el lugar que debería ocupar el primer hijo varón, ya que, hasta donde ella recordaba, así había ocurrido en la vida de sus mujeres ancestrales desde hacía varias generaciones atrás.

—Tenía que haberle pedido al padre David que te exorcizara de esta condena, o al menos debí haberte llevado con la curandera del pueblo para que te diera una de sus pócimas, a ver si así eliminaba de tu destino esta herencia maldita.

Sus palabras podrían sonar muy duras, pero Emilia era sincera y Yaya, conociendo parte de su historia, sabía por qué lo decía, así que no la juzgó, finalmente había sentido lo mismo que ella.

—Yo tampoco quería tener una niña —comentó Yaya.

—Te entiendo. Lo mismo me pasó a mí, contigo —dijo Emilia con total sinceridad.

A Yaya tampoco le dolió cuando su madre se refirió a ella y agradeció su sinceridad. Ambas sabían que ser mujer en una sociedad patriarcal las convertía en un ser humano de segunda, que no podía ejercer su voluntad, ni vivir su sexualidad con la apertura y el desenfado con los que los hombres lo hacían. Las dos sabían que la libertad no les había sido dada.

Yaya vio a su madre, recordó su historia y no pudo contener su pregunta:

—Madre, ¿cómo le hizo?

—¿Para después de ti haber tenido un hijo hombre? No lo sé, cosa de Dios.

—No, no me refiero a eso, sino a ¿cómo le hizo para olvidar a Ramiro y arrancárselo de la piel?

Emilia sintió que le faltaba el aire y que sus piernas perdían fuerza. No podía entender por qué su propia hija le preguntaba sobre su mayor secreto, ni cómo era que conocía su historia de amor prohibido, vivida en total clandestinidad hacía tantos años.

—No sé de qué me hablas. No conozco a ningún Ramiro —mintió Emilia tratando de controlar sus nervios.

Emilia intentó evadirla, pero Yaya necesitaba terminar de conocer la historia de su madre, para ver si así podía entender la suya. No eran las preguntas que se le permitía hacer a una hija, bien pudo responderle Emilia con un par de cachetadas, pero no lo hizo. Era tanto su desconcierto que no supo cómo reaccionar ante tal atrevimiento. En ese instante eran dos mujeres muy distintas, pero recorriendo un mismo camino.

—¿Lo volvió a ver? ¿Supo de él?

—Estás demasiado cansada por tantas horas de labor de parto. Estás diciendo cosas sin sentido. Será mejor que me vaya y te deje descansar.

Emilia hizo el intento de irse, pero Yaya fue contundente.

—Contésteme, por favor, se lo suplico. ¿Volvió a ver al seminarista?

Emilia ya no tenía ninguna duda, Yaya conocía su pasado.

Sin roles impuestos

Emilia vio a los ojos a Yaya, despojándola de la relación que las unía. En ese momento sintió que ella no era su hija, sino simplemente una mujer con la que podía desahogarse de esa historia que la había atormentado y entristecido por tantos años. Por primera vez tenía la oportunidad de desnudar el alma y lo agradeció, había sido mucho tiempo de callar su más profundo dolor.

La pequeña Esther desde su cuna comenzó a llorar como pidiendo ser parte del momento. La bebé compartía ese linaje y su alma reclamaba escuchar la historia de las mujeres que la precedían. Emilia se acercó a ella y la tomó en brazos. En sus adentros deseó que su futuro como mujer fuera diferente, aunque en el fondo sabía que estaba condenada a cargar la misma cruz. Le dio un beso en la frente, como dándole la bienvenida, la llevó ante Yaya, quien al verla a los ojos y tenerla en brazos la reconoció como una de ellas.

—Es cómo usted y como yo, mamá. Me siento mal de no haberla deseado —comentó con pesar Yaya.

—No te sientas culpable. Solo querías un mundo más amable y justo para ella —le dijo Emilia.

—A nosotras nos ha tocado la represión, la prohibición, el camino trazado. ¿Qué le tocará vivir a mi hija? —se cuestionó Yaya.

Yaya la miró con compasión y se la prendió al pecho desobedeciendo las órdenes de su marido de prepararse cuanto antes para un siguiente embarazo.

—Es tan bonita —dijo Yaya mientras acariciaba su carita.

—Mi nieta tiene tus ojos —comentó Emilia.

—¡Ojalá y no tenga mi vida! —dijo sincera.

Yaya suspiró y se puso dispuesta a escuchar a su madre, mientras la pequeña Esther, a través de la leche materna, se bebía la historia de su abuela.

Era una mañana fría, la tenue luz del sol entraba por la ventana e iluminaba el rostro de Emilia, a quien con tan solo recordar a Ramiro se le cubrieron las mejillas con un leve color rojizo y su mirada se suavizó. Yaya se sorprendió al descubrir ese nuevo rostro que jamás había visto en su madre.

—Viví un amor malsano —dijo Emilia sintiéndose culpable.

—¿En verdad existen los amores malsanos? —Yaya con mirada de compasión la cuestionó.

Emilia sabía que había tocado la divinidad cuando su corazón encontró el verdadero amor en otra piel que no fue la impuesta por sus padres. Yaya sabía que había tocado el cielo cuando todo su ser vibró lleno de pasión con un hombre prohibido por ser su cuñado. Ambas estaban conscientes de que no existía nada que justificara ante los ojos de los demás que se hubieran dejado llevar por la pasión y se hubieran atrevido a vivir su parte más instintiva y sagrada. Las dos habían experimentado ese sentimiento que te roba la voluntad, sabían lo que era ordenarle al cuerpo detenerse y que este no obedeciera para correr a los brazos del ser deseado. Conocían lo que era luchar contra las creencias impuestas de lo que significaba ser una buena mujer mientras se sentían arder en el placer, así que sin caretas que sostener, Emilia y Yaya se reconocieron, ambas tenían una naturaleza distinta que las vulneraba, pero que también las unía bajo la fuerza del amor incondicional, que en ese instante surgió entre ellas.

Emilia había guardado su secreto bajo piedra y lodo, y nadie más que el padre David sabía de su amasiato, así que en un ambiente de total intimidad, sin prejuicio la cuestionó:

—¿Cómo te enteraste? —le preguntó intrigada Emilia.

Yaya le contó que había encontrado su diario oculto en el mueble del cuarto de Tomasa, por supuesto, obvió la forma en la que lo descubrió. No quería desviar la atención. Emilia le confesó que se había vuelto loca buscándolo. Desconocía que Antón hubiera dado la orden de llevar el armario al cuarto de servicio. Pensó que lo había regalado a un ropavejero y pasó noches sin dormir imaginando que este se presentaría un día exponiendo ante todos su mayor pecado.

—La culpa puede hacernos pedazos y llevarnos a imaginar los peores escenarios.

—No se preocupe, madre. La caja estaba en donde usted la escondió. Solo yo leí su diario y después de hacerlo lo quemé.

Emilia respiró agradecida y sintió tanta paz que abrazó a su hija sabiendo que ya no corría ningún peligro de que su secreto saliera a la luz. Después se sentó a su lado, tomó la manita de Esther y, mientras la bebé seguía siendo amamantada, le contó su historia.

—¿Por qué no se fue con él? ¿Qué lo impidió?

—Cuando conocí a Ramiro estaba por consagrar su vida a Dios, y ni él ni yo imaginamos el amor que nacería entre nosotros. Al darnos cuenta de nuestros sentimientos intentamos separarnos, alejarnos, pero todo fue inútil. Lo que sentíamos era más fuerte que nosotros mismos.

Aquel domingo que acordaron huir, mientras en su casa Emilia se despedía de su hija, en la iglesia Ramiro se arrodillaba ante Dios pidiéndole un sincero perdón por estar a punto de abandonar el camino del sacerdocio y, sobre todo, por haber faltado, junto con su amada, al mandamiento de "no cometer actos impuros". Entendiendo por acto impuro el adulterio, la infidelidad y cualquier acto de lujuria, incluyendo la violación. Solo que no a todos se les juzgaba igual, no se hablaba de las violaciones en los lechos maritales ni de las infidelidades masculinas porque este mandato había sido impuesto básicamente para controlar los impulsos carnales e impedir las infidelidades femeninas, ya que estas eran las que ponían en riesgo la institución del matrimonio y eso en una sociedad patriarcal no se podía permitir. Como comúnmente se decía, un hombre podía tener una catedral y mil capillas, pero para una mujer estaba completamente prohibido tener un placer oculto, y, en este caso, para un seminarista también aplicaba esta misma restricción. Por lo que para Ramiro y Emilia no había ninguna otra posibilidad más que la de escaparse juntos para poder vivir su amor en libertad, en un lugar en donde nadie los conociera. Su relación había nacido en la tierra de lo ilícito y ellos querían ahora vivirla ante el mundo y esa era la única manera de lograrlo.

Ramiro estaba consciente de la falta tan grave que estaba cometiendo y lo único que le dio un poco de paz, al estar frente al Cristo en la cruz, fue reconocer ante él que había seguido el llamado del amor, porque no había un sentimiento más puro que el que le profesaba a Emilia. Y a pesar de haber aprendido que Dios era un juez rudo e implacable, que divide a sus fieles entre pecadores y no pecadores, su abuela, una mujer más espiritual que religiosa, antes de morir le aseguró que Dios era amor incondicional, así que optó por aferrarse a esta idea para poder vivir con la terrible culpa que el amasiato con Emilia le provocaba.

Antes de partir quiso despedirse del padre David y confesarle lo ocurrido. Escribió una carta y se la dejó al lado de su sotana en la sacristía explicándole la razón de abandonar su camino pastoral. Después de hacerlo se persignó ante el creador, tomó sus cosas y se fue rumbo a la estación a esperar a que llegara la hora de huir con su amada, sin saber que esa misiva cambiaría para siempre su destino.

La confrontación

El cura llegó a la iglesia antes de lo previsto. Al ver la sotana y la carta de Ramiro se extrañó, de inmediato la tomó y horrorizado leyó las palabras que Ramiro le había dejado en las que confesaba su amasiato con Emilia. Sintió un profundo dolor en el pecho, volteó al cielo y pidió misericordia, había caído en cuenta de que él mismo los había presentado y tuvo mucho miedo del castigo que Dios podía infringirle no solo a ellos, sino también a él por tal afrenta. Tenía que impedir a toda costa que su plan de irse juntos se llevara a cabo. Le tomaría más tiempo llegar a la estación, así que rogó al Señor que Emilia aún estuviera en su hogar. Salió corriendo de la sacristía rumbo a casa de los Monreal con la firme intención de impedir semejante locura. En el camino se topó con el sacristán, intercambió unas palabras y continuó su trayecto.

El padre David desconocía si alcanzaría a llegar a tiempo, la lluvia azotaba la región y no había ningún transporte accesible. Pero eso no iba a impedir que intentara lograr su objetivo, sin más tomó aire, llenó sus pulmones y, como si fuera un jovenzuelo, corrió por las calles en lo que rezaba y suplicaba a todos los santos que impidieran el encuentro de los dos amantes para que de esa manera se evitara una tragedia. De sobra sabía que Antón no toleraría semejante afrenta y que sería capaz de matar a su esposa y a Ramiro por haberlo traicionado. Ningún hombre que se considerara como tal aceptaría esa humillación pública.

Mientras tanto en la hacienda, Emilia contaba los minutos para dejar su asfixiante realidad. Ramiro y ella habían acordado irse rumbo al sur del país tomando el tren de las nueve de la noche. Conforme se acercaba el momento cada vez le era más difícil controlar el torbellino de emociones que la invadía, al saber que pronto estaría con su amado y por fin dejaría atrás su vida rutinaria e insatisfecha. En ese instante no había nada que deseara más que correr al encuentro del hombre que la había hecho despertar y conectarse con su verdadero ser. Ya se había despedido de su pequeña Yaya, jurándole que regresaría por ella, así que tomó su maleta, dio un último vistazo a la que sería su antigua realidad y decidida abrió la puerta.

El latido de su corazón se detuvo al ver frente a ella al sacerdote, que casi no podía respirar, envuelto en una sotana empapada que dejaba un charco de agua a sus pies. El alma de Emilia se contrajo intuyendo que su felicidad estaba en peligro. Ella se había jurado luchar por lo que su corazón le pedía sin importar lo que dijeran los demás, pero por un instante las creencias ancestrales del deber ser se le dispararon con solo ver el rosario que pendía del cuello del padre, quien la observaba con una mirada inquisidora. No obstante, la motivación de su futuro encuentro era más fuerte. Respiró profundo y logró reponerse un poco. En cuanto lo hizo, el cura la cuestionó.

—Emilia, ¿qué estás haciendo? Ramiro y tú no pueden cometer semejante locura —le dijo el padre al ver la maleta y confirmar que estaba a punto de fugarse.

—En mi vida había estado más lúcida que en este momento, padre. Estoy enamorada de Ramiro y es con él con quien quiero estar el resto de mi vida —aseguró agarrándose con fuerza del amor que sentía por el seminarista.

—Son un par de ovejas negras que con su conducta pecaminosa están manchando a mi iglesia y a nuestra sociedad —vociferó el cura.

—El verdadero amor no puede ser un pecado, padre.

El padre David furioso se le acercó amenazante.

—Tú que vas a saber qué es el verdadero amor, si lo supieras, habrías puesto el amor a Dios, nuestro Señor, antes que tu deseo carnal y no le estarías faltando de esta manera.

—Créame que en algo tan hermoso como lo que hay entre Ramiro y yo Dios ha estado presente en todo momento —dijo sincera.

El sacerdote sentía hervir su sangre, no podía creer lo que escuchaba:

—¡No blasfemes!

El cura no pudo contenerse y le dio una bofetada. Emilia lo miró con coraje, mientras tocaba su mejilla. No podía entender tal agresión. El padre David ni siquiera se inmutó y continuó:

—Entiéndelo de una vez por todas: tú no puedes romper la promesa que hiciste ante el altar de mi iglesia de permanecer unida a Antón hasta que la muerte los separe.

Emilia no bajó la guardia, estaba segura de sus palabras:

—Yo no decidí casarme con él, me obligaron a hacerlo. Y a usted le he confesado lo difícil que ha sido para mí soportar sus vejaciones, sus violaciones, sus insultos. Dios, que todo lo ve, sabe lo que he sufrido en silencio a su lado.

Emilia se le quedó viendo, pero el padre David no reaccionó ante lo dicho. Él tenía muy claro lo que deseaba conseguir.

—Tengo derecho a ser feliz, padre, y usted sabe que con él no lo he sido, no lo soy, ni lo seré jamás.

—Por Dios, Emilia. No seas egoísta, por estar pensando solo en ti vas a destruir a tu familia. Además, ¿qué futuro te espera siendo una mujer infiel y pecadora?

—¡Peco más fingiendo un amor que no siento por mi marido!

—¡Te vas a condenar si no retomas el camino del bien, y ese solo está al lado de tu esposo!

—¿En verdad quiere que me quede con un hombre para el que solo soy un objeto que usa como se le da la gana? Por favor, padre, déjeme ir. Quítese de mi puerta.

—No me voy a mover de aquí —dijo definitivo y prosiguió—. Se te metió el mal en el cuerpo y no voy a dejar que te posea y te maneje a su voluntad.

El padre David tomó su crucifijo con la mano derecha, se acercó intimidante y con él la señaló, mientras le decía:

—No voy a dejar que te arrastre un amor maldito. Voy a salvarte del infierno.

Entre lágrimas contenidas, Emilia defendió su felicidad.

—No se trata de un amor maldito, estar con Ramiro es lo más hermoso que me ha sucedido en toda mi vida. Usted lo conoce, sabe que es un buen hombre y que yo también soy una buena mujer. Los dos merecemos vivir la bendición de habernos encontrado.

—El mal se tiñe de mil formas para que caigas y te entregues a él. Deja esa maleta y vuelve a tus labores del hogar antes de que Antón regrese y sea demasiado tarde.

—No, padre, yo tengo derecho a defender el amor que siento.

—No, Emilia, no tienes ningún derecho a defender nada, y menos cuando por tu conducta obscena e inmoral has hecho que un hombre de Dios caiga en los pecados de la carne —dijo el cura convencido y atropellándose con sus palabras continuó—. Tú eres la culpable de que él haya sucumbido ante la tentación. Ramiro está aún a tiempo de reivindicarse y si se arrepiente de corazón puede retomar el sacerdocio y tú, tu lugar al lado de tu marido y de tu hija.

—No hay peor ultraje que traicionarse a uno mismo. No puede pedirme que lo haga —dijo Emilia desesperada.

—¿Y prefieres ultrajar y faltar a las normas bajo las cuales has sido educada? ¿Prefieres robarle a nuestro Señor un hijo que se dedicará a impartir su palabra? ¿Prefieres hundirte en el fango por meterte en la cama de un hombre prohibido para ti? No, Emilia, si no lo haces por tu propia voluntad, lo harás por la mía. ¡Y agradece de rodillas que llegué a tiempo para salvar tu alma!

Era tal el deseo de correr al encuentro de su amado que poco le importaron las palabras del padre David, no podía renunciar al verdadero amor.

—Lo siento, mi lugar está al lado de Ramiro.

Decidida tomó su equipaje, dio un paso firme y forcejeó con el cura, pero él estaba convencido de que estaba haciendo lo correcto y no se movió ni un ápice. Bien dicen que cada cabeza es un mundo, así que el sacerdote defendió el suyo. Su fuerza era superior a la de su feligresa. La agarró con determinación, la suspendió en el aire por unos segundos y la aventó lejos de la salida sobre un sillón. Cerró la puerta y se apoltronó al frente de esta evitando que ella saliera. Poco le importaron sus súplicas, sus ojos bañados en lágrimas, había que defender la institución del matrimonio aun a costa de la felicidad de esa mujer. Emilia veía desgarrar su alma al perder al hombre que la había hecho vibrar y con el que en verdad había construido una relación basada en el amor. Pero en ese instante nada importó, el sacerdote no se movió de ahí hasta que el acólito de la iglesia llegó corriendo, casi sin aliento, para confirmarle que Ramiro se había subido al tren. El sacristán le había asegurado, siguiendo las instrucciones que le había dado el sacerdote al encontrárselo en el camino, que Emilia no llegaría porque se había arrepentido en el último momento de dejar a su marido y a su hija.

Llena de furia Emilia le reclamó al padre por haberle robado la libertad de decidir sobre su propia vida, pero él convencido le aseguró que la había salvado del fuego eterno y le dijo que la esperaba el domingo en misa para recibir, por supuesto, después de su confesión y de un acto de arrepentimiento, la comunión que la liberaría de todos sus pecados, siendo el más importante el haberle faltado a su marido con otro hombre. El padre David sabía que Antón era el cliente más recurrente del burdel, pero eso era lo de menos, aquí lo único relevante era que había una mujer pérfida que se había atrevido a querer romper las leyes impuestas.

En cuanto el padre abandonó la casa, después de bendecirla para comenzar su purificación, Emilia lloró y lloró mil mares, destruyó la carta en la que confesaba su engaño y llena de dolor y con el alma hecha pedazos se puso de nuevo su argolla matrimonial. Con la mirada sin vida se bañó, se peinó y maquilló para aguardar, tragando su desolación, la llegada de su marido. Esa misma noche le contó, lo que iba a ser una sorpresa para Ramiro, que estaba esperando un hijo. Antón no recordaba haberse acostado, o mejor dicho haber violado a su mujer recientemente, pero era incapaz de imaginar que Emilia pudiera ser adúltera.

—Solo espero que ahora sí me des un hijo que herede, a las generaciones por venir, mi apellido —fue todo lo que Antón le dijo.

Se sirvió una copa de vino que tomó al hilo y, reafirmando su hombría, convocó a sus amigos y se fue de nuevo al burdel a festejar su virilidad, sin saber que era otro hombre quien había fecundado a su mujer.

Yaya impávida sacó a su madre de sus recuerdos al preguntarle:

—¿Ernesto es mi medio hermano?

Emilia afirmó llena de pena. Yaya ahora entendía por qué tenían tonos de piel tan distintos. Siempre lo molestaban por ser moreno y no blanco como el resto de la familia, incluso entre los hermanos bromeaban con la posibilidad de que lo hubieran "recogido" del basurero. Emilia, por supuesto, se sulfuraba y regañaba a quien lo decía, tratando de eliminar la mínima posibilidad de que su marido pensara que el padre de ese hijo, del que tan orgulloso se sentía por ser su primer hombre, no era él.

Viéndola a los ojos compasiva le dijo:

—Al menos mi hermano es producto del amor y no de una violación como yo —mencionó reflexiva Yaya.

Corazón de piedra

Mi tatarabuela no tuvo la fuerza para aferrarse al Dios compasivo y amoroso del que por primera vez le habló Ramiro, así que ese mismo día volvió a ella el Dios inflexible, intolerante y castigador que las mujeres de su linaje habían conocido durante siglos, y con él se activaron los miedos, los juicios y las culpas de un solo golpe.

Emilia asumió que por haber vivido un amor prohibido merecía ser castigada. Y qué mejor castigo que el autoimpuesto. Enterró su ser, convirtió su corazón en una piedra, se olvidó de ella misma y se consagró a su familia.

—¿Qué no era eso lo que toda mujer estaba destinada a hacer? —se dijo, en aquel entonces, tratando de convencerse.

Era la única manera de encontrar un poco de paz, aunque el cargo de consciencia no le daba tregua. Y para compensar su culpa fue capaz de hacer los más grandes sacrificios: realizar ayunos prolongados, hacer caminatas hasta desvanecerse, o incluso, autoflagelarse con un pequeño látigo con el que pegaba en su espalda desnuda cuando por su mente aparecía la presencia de Ramiro. No obstante, por más martirio que sufriera, estaba convencida de que era demasiado tarde, ya que debido a su gran falta moral su alma no alcanzaría la salvación y se retorcería en el inframundo. Así que tratando de despertar un poco la misericordia de Dios, le ofreció como penitencia las violaciones que Antón cometía y que ella estoica asumía; eran parte del pago que haría en esta vida terrenal por dejarse llevar por la terrible tentación del verdadero amor.

El padre David, por su lado, después de otorgarle el perdón, no volvió a mencionar el amasiato. No tanto por haber absuelto la falta de Emilia, sino porque se sentía responsable de no haberse dado cuenta a tiempo de la presencia maligna que ensombreció al seminarista y a su feligresa.

El resto de la historia ya la conocía mi bisabuela, así que, entre lágrimas de dolor por el desamor vivido, Emilia se vulneró ante su hija y su pequeña nieta. La rigidez que se había instalado en ella todos estos años se esfumó, su corazón se reblandeció y lloró desde el fondo de su ser lamentándose por no haber tenido el coraje de aferrarse a ese amor, lo único real que había experimentado en toda su vida.

—¿Sabe usted qué fue de él? ¿Sabe en dónde está? —le preguntó Yaya.

—Por el sacristán supe que no retomó su carrera sacerdotal. Ramiro se regresó a vivir a su pueblo y trabaja como maestro en una comunidad rural.

—¿Rehízo su vida con alguien más? —le preguntó Yaya intrigada.

—Hasta donde sé, no.

—¿Y qué espera?

—¿Qué espero de qué? —cuestionó desconcertada Emilia.

La simple, pero retadora pregunta de Yaya fue suficiente para hacerla despertar, salir de su dolor acumulado y acariciar una esperanza. El deseo y el amor hacia Ramiro aún habitaban en lo más profundo de su corazón y en ese instante se convirtió en aquella joven que se había entregado en cuerpo y alma a él. En vano había resultado el esfuerzo que por años hizo para eliminar sus sentimientos. Se dio cuenta de que estos estaban tan vivos como el primer día.

Las dos se vieron con entendimiento. Como dos mujeres que deseaban su mutua felicidad.

—Perdóname por haberte llevado por el mismo camino que yo recorrí. Te heredé mi tristeza y mi dolor. Quizá pudo haber sido diferente para ti —dijo sincera Emilia.

A Yaya ahora le quedaba claro por qué el padre David le había dicho que ella traía lo pecadora en la sangre y cómo ese párroco en nombre de Dios había marcado su vida y la de su madre. En este momento, por primera vez, a pesar de lo breve y confrontante que fue su relación con Patricio, reconoció su propia valentía al haberse permitido experimentar el gozo y el placer que no estaba al alcance de todas las mujeres. Se sintió satisfecha de haberse dado la oportunidad de vivir algo tan intenso, aunque hubiera sido fugaz y hubiera dejado una huella tan dolorosa a su paso. "Hay encuentros que duran un eterno instante y dejan una profunda marca en el corazón", pensó.

No tenía caso agobiar a su mamá compartiéndole la soledad e insatisfacción en la que había caído después de la intensidad de su entrega amorosa, ni cómo, por seguir con los condicionamientos sociales y religiosos, había castrado su vida, finalmente se le notaba en la cara. Prefirió guardarse la historia de la pasión con su cuñado y decidió enfocarse en las emociones que estaba recuperando su madre y en motivarla a buscar un nuevo camino.

—¡Búsquelo! Que al menos una de las dos sea feliz… o quizá de las tres —dijo viendo a su pequeña.

—Pero…

—No hay pero que valga. Váyase, no se preocupe por mis hermanos ni por mí, le toca pensar en usted, ya estamos grandes.

—¿Y tu padre?

—¿En verdad le importa lo que diga o sienta él?

A Emilia se le iluminó la mirada al acariciar un posible futuro con Ramiro. Esther se soltó de la teta de su madre y sacó un gas que rompió la tensión del momento y las hizo reír.

—Vea, hasta su nieta encontró la manera de decirle que vaya a vivir su vida al lado del hombre que ama.

Al día siguiente Emilia desapareció. Yaya sonrió al confirmar que sin decirle a nadie su madre había partido rumbo a la felicidad. Su padre reaccionó furioso ante el hecho y, mientras despotricaba y maldecía a su esposa, Yaya volteó sonriente a ver con complicidad a la pequeña Esther, la presencia de ambas había sido importante para que Emilia se atreviera a vivir la vida en sus propios términos. Y pensó: "¡Qué mejor herencia para su pequeña nieta que dejarle sus alas abiertas al vuelo!".

Una mañana de mayo

A pesar de los muchos intentos que hizo Braulio por tener otro hijo, esto no ocurrió. Yaya se las ingenió para evitar un segundo embarazo ahora tomando un brebaje que la curandera del pueblo le hacía llegar a través de Tomasa. Su esposo enfurecido constantemente le decía que ella no servía como mujer por no darle más hijos, a pesar de seguir poniéndola piernas hacia arriba cada vez que copulaban. Harto de no poder embarazarla dejó de intentarlo y la amenazó con engendrar a su siguiente hijo en otro hogar. Hecho que a Yaya la tenía sin cuidado. Ella bajo ninguna circunstancia quería correr el riesgo de procrear a otra hija, con Esther era suficiente.

Lo cierto es que a Yaya le hubiera gustado hacer lo mismo que su madre, salir corriendo de su monótona realidad para comenzar una nueva vida lejos de ahí, pero ella no tenía ningún otro destino en mente ni a quién ir a buscar. Anheló por un instante haber vivido un amor correspondido tan arrebatador como el que experimentó Emilia con el exseminarista, pero lo de ella con Patricio había sido algo más pasional. Y el amor y la pasión son distintos. El amor conecta almas, la pasión une cuerpos. Y aunque con los dos se toca el cielo, el amor acaricia el futuro mientras que la pasión habita el presente.

En algunas ocasiones volvió a ver a Patricio, pero siempre en eventos familiares. Él desesperado trató de convencerla de retomar su amasiato jurándole que ella era especial y que ninguna de las mujeres con las que también le había sido infiel a su esposa había sido importante. Yaya no les dio oído a sus palabras, la había herido demasiado y lo rechazó de manera tajante, sin saber que él decía la verdad y que la obsesión desmedida que generó en él había llegado a tal grado que su virilidad no se encendía con nadie más. El recuerdo de la esposa de su hermano no le permitía conectarse con su hombría y empezó a padecer de impotencia, lo cual le impidió seguir con sus conquistas y tener satisfecha a su esposa, haciéndolo vivir la peor de sus pesadillas.

Por su parte, con todo lo vivido, mi bisabuela necesitaba algo más que el contacto físico, el vacío que anidaba en ella era cada vez más profundo y requería mucho más que un encuentro efímero para llenarlo. Una cosa era que hubiera resignificado el haber conocido el placer al lado de ese hombre, y otra, que ese placer oculto le alcanzara para sostenerse en la vida. El deseo de la carne le había provocado tal dolor que dejó de ser su prioridad, ahora anhelaba el gozo de la intimidad conquistada por su madre y el seminarista, pero ni su cuñado ni su esposo podían ofrecérsela, así que prefirió alejarse de ambos, sobre todo de Patricio, porque aunque hubiera querido minimizar su breve amasiato, él sí le había roto el alma. La había dejado seca. Sin poder evitarlo, cada día la insatisfacción y la infelicidad que la habitaban eran más y más grandes.

Para sobrellevar su pena decidió dejar de vivir hacia afuera y ahora hacerlo hacia dentro a través del arte, que se convirtió en una ventana para expresar lo que los demás no querían ver ni escuchar. Pasaba horas en su estudio encerrada tocando el violín y sacando sus emociones contenidas a través de la pintura; escandalizando a los demás con sus cuadros llenos de pasión y erotismo. Su obra estaba cargada de tonos intensos y fuertes que contrastaban con el color negro que bombeaba desde su corazón y recorría sus venas.

Su vida no tenía matices: todo era sí o no, blanco o negro, eros o thanatos. Este último, conforme pasaba el tiempo, empezó a ganar

terreno dentro de ella y creció su deseo por lograr la liberación total. Hay muchas formas de volver a extender las alas y eligió la que
le dio mayor paz interior, aunque con ello dejara una profunda
huella en su pequeña Esther.

Una cálida mañana de mayo, se levantó y al verse al espejo
recordó que la noche anterior había soñado con Emilia. En el
sueño la veía plena y feliz al lado de ese hombre que había sido
capaz de dejar la sotana para crear un nuevo horizonte con ella
y sintió una gran nostalgia. Su vida, en comparación a la de su
madre, le resultaba tan sin sentido que deseó terminar con todo
e irse de este mundo. Ya había experimentado en varias ocasiones
el impulso de la muerte, pero esta vez era más intenso. Se dio un
baño, buscó entre su ropa y eligió un vestido largo de algodón
blanco, se peinó, se maquilló y pintó sus labios de color rojo. Entró a su estudio y fue recorriendo con la mirada cada uno de sus
cuadros. Eligió el más significativo para ella. Era la pintura de cinco mujeres libremente danzando desnudas entre velos de colores
muy vivos. Después de observarla se reconoció como una de ellas
y sonrió con cierta nostalgia: en esa obra ella era libre. La tomó y
en la parte posterior del lienzo, como si fuera una hoja de papel,
comenzó a escribir y desahogó todas las emociones contenidas.
Luego se fue a desayunar con Braulio y Esther.

Al llegar al comedor, Yaya se sentó y observó la escena como
si pudiera verse fuera de ella, como si estuviera parada en el quicio
de la puerta y desde ahí pudiera mirarse sentada a la mesa portando la máscara de gran señora. Justo en ese instante confirmó
que estaba muerta en vida y tuvo la certeza de que su tiempo en
esta existencia se había acabado. Sin cruzar palabra con su marido,
se paró sin terminar su desayuno, se dirigió hacia su hija, tomó su
carita entre las manos y le susurró al oído:

—Mi niña, eres especial. Este dolor que siento es solo mío
y no quiero que lo cargues por mí. Crea tu propio camino y no
tengas miedo de ser diferente a las demás.

La miró con detenimiento, le dio un beso en la frente con
mucho amor y caminó hacia la puerta. Esther no entendía porque

su madre le decía esas palabras. Cuando iba a cuestionarla, Tomasa, quien ahora trabajaba para Yaya, la distrajo preguntándole por la celebración de su cumpleaños, que estaba cerca.

—¿Qué vas a querer para tu fiesta, mi niña?

—Una piñata muy grande —dijo animada Esther, mientras con la mirada seguía a su madre, quien parecía levitar al caminar.

Por supuesto, Braulio no se dio cuenta de lo que pasaba en el interior de su esposa, de haberla visto a los ojos habría percibido una mirada distinta, pero estaba absorto en su análisis de cómo seguir incrementando las ganancias de su negocio, porque desde su punto de vista las mujeres de la casa solo hablaban puras estupideces.

Yaya subió al segundo piso de la hacienda y se dirigió a la azotea. Estando en la orilla de la cornisa respiró profundamente el aire fresco, observó la belleza de los jardines que la rodeaban y el cielo azul. Después sintió el viento que pegaba en su rostro. Su cuerpo temblaba como si su alma comenzara a desprenderse de él. Yaya desabrochó lentamente su vestido, el viento se lo robó y se lo llevó volando entre las nubes. Después extendió los brazos y sin miedo alguno se aventó. Si como mujer no podía decidir su vida, sí decidiría su muerte.

Mientras iba cayendo al vacío pudo ver las imágenes de los momentos más importantes de su vida. Era verdad que en el ventrículo izquierdo del corazón estaban almacenados todos sus recuerdos y sus más íntimos secretos. En ese instante se hizo consciente de que las vivencias que marcaron su existencia habían sido muy pocas, pero que por ellas había valido la pena existir. Pudo recrear cuando descubrió su sexualidad entre las sábanas, el encuentro en el hotel con Patricio, la complicidad con Tomasa, el nacimiento de Esther y, por supuesto, la plática con su madre mientras amamantaba a su hija. En todos esos momentos se había sentido libre. Confirmó que nadie te da la libertad porque eres tú quien debe conquistarla. Aunque el costo para ella hubiera sido ser expulsada de su hogar, rechazada por la sociedad y excomulgada de la Iglesia, se dio cuenta de que habría valido la pena atreverse a romper con todo lo establecido y haber tomado su vida en sus manos. Pero ya era demasiado tarde, al menos para ella, y deseó que Esther y las mujeres por nacer en su linaje pudieran hacerlo.

A unos centímetros del piso, estando consciente de su última inhalación, Yaya le agradeció a Dios la vida que le había dado, a pesar de todos los sinsabores y la paz llenó su corazón. Cayó al piso con un golpe seco, justo en medio del patio que daba al comedor. Esther, Tomasa y Braulio contuvieron la respiración al escuchar el impacto del cuerpo sobre la piedra caliza y al ver sobre ella el cuerpo de Yaya, del que surgía un río de sangre.

Braulio se quedó congelado. Tomasa gritó horrorizada. Esther corrió hacía ella y la tomó en brazos, suplicándole que no la abandonara.

—Mamá… mamita… no te mueras —dijo desesperada—. ¡No me dejes sola!

Braulio, después de unos segundos, reaccionó y fue a llamar al médico, pero ya no había nada que hacer. A Yaya solo le quedaba un atisbo de vida y alcanzó a decirle a su hija:

—Te amo.

Y después… murió.

Hay quienes afirman que decidir tu muerte es un acto de total cobardía, hay quienes dicen que es el acto de mayor valentía. En el fondo este es solo el juicio de aquellos que observamos un momento tan complejo, porque a ciencia cierta nadie sabe qué es lo que lleva a una persona a quitarse la vida, más que ella misma.

Para la sociedad, Yaya tenía todo lo que una mujer de su época debería añorar: un marido que le había dado su apellido, una hija, la posibilidad de tener más descendientes, una hacienda, sirvientes, ropa, lujos, sensualidad, belleza, pero lo que nadie sabía era que nada en su exterior le ayudaba a desvanecer el vacío que la habitaba en su interior. Ese vacío que recorría su alma, su corazón y su cuerpo, ese vacío que era el resultado de acumular dolor y tristeza, ese vacío que conducía a una persona lentamente al borde de la muerte. Su instinto de supervivencia se evaporó y eliminó en ella el deseo de mantenerse con vida. Para mi bisabuela ya no había más futuro que ese presente en el que decidió dejar de existir. En su rostro inerte no había desesperación, sino la certeza de haber tomado el mejor camino hacia la libertad total, tan añorada toda su vida.

Yaya había nacido con las alas extendidas y, a pesar de que se las habían querido cortar, las había extendido de nuevo.

¡Y de nuevo volaba alto… muy alto!

La que brilla como las estrellas

Sin su madre Yaya y sin ninguna noticia de su abuela Emilia, Esther se quedó sin referencia de las mujeres de su clan y más cuando se prohibió hablar de ambas. Por un lado, en lo que se refería a Yaya, el padre David sentenció que, por haberse quitado la vida, jamás entraría al reino de los cielos, así que para evitar habladurías, Braulio obligó a quienes habían sido testigos de su suicidio a callar y a mentir diciendo que su esposa se había muerto mientras dormía debido a una falla en el corazón. Por el otro lado, en relación con Emilia, Antón prohibió volver a pronunciar su nombre. Quería a toda costa extinguir el recuerdo de su mujer infiel después de la afrenta que sufrió por haberlo abandonado siendo tan "buen" hombre. Así, de tajo, se borraron ambas historias y estas se convirtieron en secretos de familia, de los que nadie hablaba por la vergüenza que habían generado. Era más fácil sepultarlas en el olvido que tratar de entender su actuar.

Esther tuvo que madurar de golpe, endurecer el corazón y dejar las lágrimas de lado. Con la muerte de su madre parte de su interior murió y se convirtió en una roca. El dolor agudo provocado por su ausencia hizo mella y despertó una fuerza interna que no tenía. De cuajo entendió que su vida y su muerte estaba en sus manos, aunque el padre David y Braulio pensaran distinto. Yaya la había bendecido al decirle antes de morir que creara su propio camino y ella estaba dispuesta a hacerlo. Obviamente su padre no opinaba lo mismo, para él su hija era solo una mujer que tenía que desempeñar las cualidades correspondientes a su género. Por ello, siendo tan solo una preadolescente, sin preguntarle, le asignó el rol de ama de casa.

A pesar de no estar de acuerdo, Esther se vio en la obligación de conocer a fondo todos los quehaceres y de tomar el camino que la sociedad tenía diseñado para una mujer a mediados del siglo pasado, en un lugar apartado, como lo era Valle del Ángel. Y por si esto no fuera suficiente, una mañana Braulio llegó a la hacienda con tres hijos bastardos que había engendrado con diferentes mujeres y a los cuales les daría oficialmente su apellido. Esto triplicó la carga de trabajo doméstico de su única hija porque para los varones su padre tenía otros planes, como estar al frente del negocio familiar dedicado a la producción de algodón. Esther no estaba dispuesta a perder el tiempo atendiendo a sus medios hermanos, así que optó por no sacrificarse y se las ingenió para robarle dinero a su padre, de esta manera pagaba los servicios extras de dos sirvientas que les ayudaban a Tomasa y a ella en las labores del hogar sin que él lo supiera.

Así, Esther fue encontrando la forma de no doblegarse y de seguir alimentando su espíritu indomable y su independencia. Y entrar, aun en contra de la voluntad de su padre, al estudio en donde Yaya pintaba fue determinante para su despertar y para crear su propio destino.

El lugar estaba bajo llave por órdenes de Braulio, había sido clausurado desde el día de su muerte y nadie tenía permiso para estar en él, así que Esther se las arregló para romper la chapa y poder escabullirse por primera vez al misterioso mundo de su madre. Ahí estaba su violín sin música y toda su obra, sus colores y sus pinceles sin vida. Tocó los lienzos, cerró los ojos y sintió el espíritu de Yaya, que la tomaba de la mano y caminaba junto a ella. El cuadro de las cinco mujeres bailando llamó poderosamente su atención y al ver a una de las danzantes imaginó que era una de ellas, solo que más adulta, y se estremeció. Esther no se había equivocado, su madre se había inspirado en su mirada para crear a la mujer que lucía más libre de todas.

Mi abuela continuó recorriendo el espacio y observando cada detalle. En su mente comenzó a recapitular la vida de su madre y se dio cuenta de que la muerte siempre había estado presente en su mirada, Yaya solo sonreía cuando ambas estaban juntas. En sus pinturas podía percibir el dolor profundo que corría en sus venas, y en ese instante con total certeza decidió tomar una dirección distinta a la que su padre había trazado para ella. No sabía cómo, ni dónde, ni cuándo lo haría, pero sí que sería diferente. Ella no quería ninguna atadura, deseaba danzar libremente como esas mujeres que Yaya había pintado. Pensó en llevarse el cuadro a su cuarto, pero quiso ahorrarse el regaño y prefirió ir a verlo cada vez que necesitaba de su presencia y de su amor.

Lo cierto es que, desde que Esther estuvo en su vientre, Yaya había intuido su naturaleza determinante y libre, y por eso eligió para ella el nombre de Esther, que significa "la que brilla como las estrellas". Durante el día, cuando le era imposible librarse de la supervisión paterna, mi abuela seguía las reglas impuestas, pero a partir de la aparición de la primera estrella en el horizonte asumía su libertad y una fuerza especial emergía en ella, quizá era la herencia que le había dejado su propia madre, a quien en sus años mozos le ocurría lo mismo. Esther había nacido cuando el planeta Venus brillaba al anochecer y tal parecía que su esencia luminosa y sensual la había bendecido, porque cuando la luna se adueñaba del cielo se sentía totalmente libre y dueña de sí misma.

Por ello disfrutaba tanto de salir en la oscuridad de la noche a caminar sola por el campo sin que nadie lo supiera. Estos paseos nocturnos eran los que le ayudaban a sostener su realidad y la monotonía tan agobiante que vivía y por eso se aferró a ellos. Con el pasar del tiempo y ya siendo toda una mujer, una noche al regresar a la hacienda, la sorprendió una tormenta. El cielo parecía estarse quebrando. La lluvia era torrencial. Asustada tomó un atajo que bordeaba el río, cuando un rayo descargó su furia partiendo un árbol por la mitad. Esther tuvo que saltar para evitar que este la aplastara; al hacerlo perdió el equilibrio y cayó al río. La corriente era cada vez más fuerte. Por un segundo pensó que moriría y que pronto se encontraría con Yaya. No podía ver nada a su alrededor. Todo era negro. Pedía auxilio con el poco aire que quedaba en sus pulmones, este salía a través de su boca haciendo pequeñas burbujas que se rompían al llegar a la superficie. Cuando reventó la última y ya no le quedaba ni un poco de aire, una mano la tomó por la cintura y la condujo a la superficie. Al subir agarró una bocanada del preciado elemento que nos mantiene vivos y perdió el conocimiento.

Sin saber cuánto tiempo había pasado, logró volver en sí al echar el agua que estaba ocupando sus pulmones. El joven que la había rescatado había hecho todo para revivirla. Al ver que estaba titiritando de frío y que por la lluvia le sería imposible encender una fogata, la cargó en brazos y la llevó a una pequeña cueva, en donde prendió fuego. Sin preguntarle, la despojó de sus ropas. Esther estaba muy débil después de haber luchado por su vida y no puso ninguna resistencia cuando Herminio la desnudó. Después él también se quitó la ropa y la cubrió con su cuerpo para entre ambos subir la temperatura. Esther nunca había estado desnuda con alguien, pero cuando él la abrazó por detrás pareció como si sus formas reconocieran su perfecto engranaje, y así permanecieron juntos hasta que el calor compartido también los encendió.

Herminio comenzó a acariciarla. Nadie jamás la había tocado de esa manera y se percató del despertar de su cuerpo. Pensó en pararse y salir corriendo, pero lo que estaba sintiendo era tan nuevo, tan placentero, tan hermoso, que decidió permanecer. Él no la estaba obligando a nada. Esther cerró los ojos y se habitó. Su respiración se aceleraba cuando la mano de Herminio la tocaba suavemente. Su sexo jamás había sido explorado ni por ella misma, así que al sentir su erección entre sus nalgas y su mano en su entrepierna descubrió lo que era el placer carnal. Entre ellos no había arrebato, ni caricias desbordadas. Él la conducía con gran ternura como si fuera una diosa que estuviera venerando.

Ambos deseaban continuar descubriéndose hasta el amanecer, pero unos ladridos a lo lejos los sacaron del mundo que ambos habían creado. Esther alcanzó a oír su nombre. Su padre y sus medios hermanos la buscaban. Con temor a ser atrapada, desnuda al lado de un desconocido, se levantó con rapidez, tomó sus ropas que aún estaban húmedas, se vistió, vio a Herminio y contempló la perfección de su rostro. Era un muchacho de la misma edad que ella, de ojos y pelo negros, tez morena, quijada cuadrada, con un cuerpo delgado y músculos marcados, debido al trabajo de campo que desarrollaba como campesino.

—No salgas, mi papá es capaz de matarte.

—No le tengo miedo ni a él ni a nadie —exclamó Herminio, seguro de sí.

—Por favor —dijo Esther suplicante.

Herminio aceptó contrariado.

—Gracias por salvarme —le dijo, mientras le sostenía la mirada a ese muchacho que veía frente a frente por primera vez.

Se sintió tan bien en sus brazos que tuvo la sensación de haber pertenecido siempre a ellos. No deseaba irse, pero tenía que salir al encuentro de los miembros de su familia, a quienes la tormenta mantuvo despiertos y descubrieron que Esther no estaba en su cama. Unos metros afuera de la cueva estaba Braulio gritándole y buscándola con una linterna. Al verla salir, la recibió con una bofetada. No le preguntó qué hacía ahí o si estuvo en peligro, solo quería reprenderla por haber salido de la hacienda sin su autorización. Esther lo vio con rabia y se le enfrentó.

—¡En tu vida vuelvas a pegarme!

—¡Eres una insolente! ¡A mí vas a obedecerme! —vociferó.

Su padre intentó volver a cachetearla, pero Esther le detuvo la mano y llena de rabia le respondió.

—Si vuelves a ponerme una mano encima, me largó y no vuelves a saber de mí —afirmó retadora a su padre.

Esther tomó el camino de regreso. Braulio se dio unos segundos para domar su ira, él ya se había dado cuenta de que su hija tenía otro carácter y no quiso correr el riesgo de que cumpliera su palabra, así que jamás la volvió a agredir. Esther le había puesto un límite inquebrantable porque, como su madre le dijo: no debía tener miedo de ser ella misma.

El rebelde

Esther regresó a visitar la cueva en varias ocasiones con la intención de coincidir con Herminio, pero no volvió a verlo, y pensó que todo quedaría en aquella noche en que la salvó de morir y en la que había despertado su piel. En ese momento ella desconocía que sí habría una siguiente vez entre ellos y que esta marcaría su vida para siempre.

Esther estaba consciente de que, a pesar del breve encuentro, lo que Herminio le había regalado era magia pura. Con él había descubierto el fuego de su cuerpo. Con él había despertado su femineidad. Con él su rebeldía había cobrado fuerza. A partir de aquella noche le fue imposible ocultar el rechazo que sentía por las labores domésticas y el profundo deseo que tenía de romper con todo lo que se esperaba de ella como mujer. En sus respectivas épocas, les había sucedido igual a Emilia y a Yaya, pero ¿sería mi abuela quien tendría el ímpetu para romper con lo establecido marcando un nuevo camino para las mujeres de su linaje?

Braulio, harto por el carácter y las actitudes rebeldes de Esther, decidió llevar a cabo una estrategia que le permitiera tener en control a su hija y qué mejor que una mujer para ayudarlo en su educación. Así que de buenas a primeras anunció su boda con Alicia, la hermana de uno de sus socios. Ella conocía a Esther desde pequeña y él creyó que así podría tener más disciplina y vigilancia sobre su primogénita. La sola idea del nuevo matrimonio de su padre la hizo sentir asfixiada. No quería que otra mujer tomara el lugar de su madre y mucho menos que tratara de obligarla a entrar en el cajón de las niñas buenas y educadas de la sociedad.

Lo cierto era que Valle del Ángel parecía estar detenido en el tiempo, en contraste con las grandes ciudades en las que las mujeres comenzaban ya a tener mayor libertad de acción, a tomar decisiones por motivaciones propias y a casarse con quien ellas eligieran. Y cuando un día mi abuela escuchó a un amigo de su padre quejarse y maldecir este actuar femenino se le abrió un nuevo universo y juró jamás estar "atada" a ningún hombre impuesto por su familia ni permitir que nadie la limitarla. En ese instante, como una especie de epifanía, sintió el coraje para enfrentarse a cualquier obstáculo que condicionara su libertad. No deseaba correr el riesgo de permanecer en una unión matrimonial llena de insatisfacción y desamor, como la habían experimentado sus mujeres ancestrales. Tomasa, desafiando la orden de Antón y de Braulio, le había abierto la caja de los secretos familiares y le había contado con lujo de detalle las historias de sufrimiento que atravesaron su abuela y su madre por pertenecer a una sociedad regida por los hombres. Esther tenía claro lo que debía hacer para no repetir lo que ellas habían vivido y en su ser se instaló el deseo de probar fortuna en un territorio lejano a lo conocido.

Necesitaba conseguir dinero para subsistir mientras encontraba la forma de ser autosuficiente en lo económico fuera de Valle del Ángel. El amigo de su padre también había comentado que en la capital cada vez más mujeres estaban trabajando fuera de sus hogares y que eran independientes. Y esta idea la sedujo de inmediato. Su destino estaba definido: se iría a la Ciudad de México.

En la noche previa al día en que se escaparía, mientras todos dormían, entró al despacho y extrajo de la caja fuerte una cuantiosa cantidad de dinero y las joyas de su madre. Desde su entendimiento le correspondían por ser la única hija, aunque Braulio en su afán de confrontarla se las había regalado a su nueva esposa el mismo día de la boda. Pero ahora, por decisión propia, eran de ella y tenía que guardarlas bien. Descosió la bastilla de su abrigo favorito y con punto de cruz volvió a remendarlo después de haber escondido con sumo cuidado lo robado. "Al menos le encontré buen uso a las clases de costura que me dio Tomasa y que tanto odiaba", pensó.

Con lo suficiente para iniciar su travesía, esa sería la última noche en la casa de su padre. Se sentía realmente emocionada de pensar que justo antes de que saliera el sol abandonaría ese lugar para siempre. Ya había averiguado la ruta para llegar a México y tenía anotado en un cuaderno el teléfono de una casa de asistencia en la que rentaría un cuarto. Esa mañana desde el teléfono público del pueblo había hablado con doña Clementina, la dueña, quien al saber que jamás había visitado la ciudad, quedó en ir a buscarla a la estación de camiones. No quería que se perdiera en un lugar tan grande y caótico. Una vez instalada, buscaría trabajo y comenzaría una nueva aventura. ¿Qué podría salir mal? Esther segura se contestó: "¡Nada!".

Ya tenía destino, dinero y joyas para subsistir, y lo demás lo iría descubriendo en el camino. Pero bien dicen que, si quieres hacer reír a Dios, le cuentes tus planes. Y vaya que Él se carcajeó de Esther.

Durante la madrugada, un grupo rebelde se alzó en armas en contra de Braulio. Esther dormía cuando la puerta de su cuarto se abrió de par en par. Un hombre que cubría su rostro con un pañuelo, al verla en un camisón de algodón en el que se transparentaba su hermoso cuerpo, decidió tomarla por la fuerza. Ella trató de huir, gritaba desesperaba, pero sus lamentos se fundieron con los de su padre, con los de su nueva esposa, con los de sus medios hermanos y con los de todos los trabajadores: hombres y mujeres de la hacienda que se estaban defendiendo de esos salvajes. Se podían oír las discusiones, las peleas y los balazos.

Esther tomó un florero que tenía al lado y se lo aventó en la cabeza, él logró esquivarlo mientras ella trataba de escapar. Justo cuando iba a lograrlo, la tomó al vuelo por la cintura, la aventó a la cama y rasgó sus ropas mientras ella suplicaba que no le hiciera daño. Ella pegó, pataleó, arañó, pero de nada sirvió. Él era más fuerte: la golpeó, la sometió y la penetró con violencia, desgarrando todo su interior. Era tal el dolor que sintió Esther que el aire se le fue y pensó que iba a morir. Sin el mayor tiento y sin escrúpulos le había arrancado la inocencia y la dejaba marcada para siempre. El hombre siguió haciéndola suya mientras ella logró recuperar la respiración. Esther agradeció a la vida que Yaya hubiera muerto y no hubiera sido víctima de un acto tan cruel y lastimoso. Agarrándose de la fuerza del espíritu de su madre, invocó su nombre y alcanzó a tomar las tijeras del costurero que horas antes había utilizado y, antes de que el hombre se viniera en ella, las hundió en su cuello. El asaltante la vio horrorizado y arrancó el pañuelo que cubría su rostro para ponerlo en la herida. Ella lo empujó y logró zafarse. Estaba por salir corriendo cuando volteó por un segundo y reconoció al violador. Era Herminio.

Esther se quedó petrificada. ¿Cómo ese hombre, con el que había vivido la mayor ternura, también era un ser sanguinario capaz de agredirla de manera tan vil?

—¿Tú? —le preguntó Herminio impactado, mientras trataba de controlar la sangre que brotaba de su cuello presionando el pañuelo con la mano.

Herminio no daba crédito al hecho de que ella era la mujer que había salvado de morir ahogada en el río y que no había podido olvidar. Él también había vuelto a la cueva un sinfín de veces, pero nunca coincidió con ella. Con torpeza se incorporó. La tijera había penetrado por la parte lateral del cuello, así que pudo seguir hablando, aunque con dificultad mientras apretaba con fuerza la herida.

—¿Cómo fuiste capaz de tomarme así? Eres un desgraciado, un mal nacido, un animal —dijo Esther llena de rencor.

—Perdóname, no sabía que tú eras la hija de Braulio Zúñiga Escalante. Tu padre despojó a mi familia, se quedó con todas nuestras tierras. Nosotros solo buscábamos venganza.

Su padre indirectamente le había jodido la vida. Esther intuía que Herminio le decía la verdad, aunque su encuentro había sido breve, había conocido su parte más luminosa cuando no trató de abusar de ella en esa ocasión, solo que acababa de descubrir que todos tenemos luz y sombra adentro.

—Vete. Sal por la puerta lateral. Ahí no hay nadie —le dijo, mientras evitaba desangrarse y comenzaba a perder la fuerza.

Esther se puso el abrigo y tomó unos zapatos con rapidez.

—En verdad perdóname, si hubiera sabido que eras tú jamás te habría hecho daño —le dijo lleno de remordimiento.

Esther y Herminio se vieron por última vez. Esther salió huyendo, mientras Herminio perdía el conocimiento. En medio del caos que se estaba viviendo en la casa, ella siguió las indicaciones para librar a los otros rebeldes y escapó de la hacienda de su padre para jamás volver. No lo hizo de la forma en la que lo había planeado, pero tampoco ella era la misma. De la mujer llena de vida e ilusiones que había estado esperando el alba para partir a un mundo nuevo, solo quedaba un alma en vilo total y absolutamente resquebrajada.

Lo cierto es que su padre sí había robado con violencia las tierras a esos hombres. Herminio había dicho la verdad. Desde el punto de vista de los agresores solo habían hecho justicia. Ojo por ojo, diente por diente. Y al hacerlo, además de abusar de ella, también habían asesinado a su padre. Sus medios hermanos, la viuda, Tomasa y los demás trabajadores lograron huir ilesos unos minutos después de que ella lo hiciera, mientras los rebeldes tomaban posesión de todos los bienes de la familia y a Herminio lo llevaban a la clínica del pueblo para que el doctor intentara salvarle la vida.

La luz del alba comenzó a aparecer y estando a unos kilómetros de la hacienda Esther inició su viaje. Caminó día y noche, y otro día y otra noche y otro día y otra noche y otro día hasta llegar a la ciudad.

Parada en el zócalo de la ciudad, sin saber a dónde conducirse, se dio cuenta que de este nuevo universo no tenía referencia de nada ni de nadie. Por salir corriendo de la hacienda no había podido llevarse con ella los datos de Doña Clementina, así que no tenía a dónde llegar. Después de un rato se hizo consciente de que estaba total y absolutamente sola. ¡Sola! En ese momento no había pasado ni futuro, sino solo un presente en el que el infortunio calaba hasta los huesos.

A pesar del dolor, de la impotencia y del coraje, en ese mismo instante se juró que la vida no quebraría su espíritu, que por difícil que fuera saldría adelante en un mundo en el que una mujer solo tenía valor si estaba al lado de un hombre; si seguía siendo pura, casta y virgen, y si tenía un clan que la contuviera. Y Esther no cumplía con ninguna de esas tres condiciones.

La cárcel

Esther se vio en la necesidad de enfrentarse a un mundo desconocido, a una tierra que giraba a otra velocidad y en la que no existía
nada que le fuera familiar. La ciudad tenía otro ritmo, otro olor,
otro color. Caminó por las calles sin rumbo fijo. Estaba totalmente desolada. Su carácter firme la hacía no rendirse, pero todo su
ser estaba fragmentado y en ese momento se le recrudeció el duelo
por la muerte de su madre y tocó la orfandad. Se sintió esa niña
que había tratado de despertarla de la muerte; esa pequeña que se
estremeció ante el miedo de las primeras noches oscuras, en las
que la angustia se apoderaba de ella por la ausencia de su mamá;
esa preadolescente que visitó la incertidumbre al saber que jamás
volvería a ver a quien tanto amaba.

Devastada se sentó en la orilla de la banqueta, abrazó sus piernas y lloró en silencio océanos enteros, quizá era el cúmulo de todos los duelos de las mujeres de su clan. La gente pasaba a su lado
sin verla, su dolor era evidente, pero no para aquellos que traían
su propio drama, aunque no faltó quien creyéndola una indigente
le dejara algunas monedas.

El tiempo parecía transcurrir lentamente. Esther llevaba horas sin moverse. No había bebido agua, no había comido y no
tenía consciencia de su cuerpo. Estaba fuera de sí.

El sol se metió en el horizonte iluminando por última vez su
rostro, que reflejaba un gran vacío. Estaba por completo perdida.

La noche se hizo presente y la luna nueva presagiaba un nuevo comienzo. En la oscuridad, algo llamó su atención. Las luces del edificio que estaba justo enfrente se encendieron e iluminaron un letrero que pendía al lado de la puerta principal. Desde el principio había estado frente a ella, pero hasta ese momento pudo verlo: "Estudia enfermería aquí, incluye comida y cuarto gratis", leyó.

Hasta unos segundos antes no sabía en dónde pasaría la noche. Todo parecía indicar que la banqueta sería su mejor compañera, pero al ver el cartel un mundo de posibilidades se abrió ante ella; sintió que su madre no la había dejado sola. Se incorporó, tenía el cuerpo entumecido, se estiró un poco, cruzó la calle entre todo el bullicio de la ciudad y con cierta timidez tocó el timbre. No tenía la intención de ser enfermera, pero el que ahí le ofrecieran comida y un cuarto gratis fue música para sus oídos. Después de unos minutos una mujer regordeta y entrada en años salió, la miró de arriba abajo y se preguntó en silencio por qué una joven en plenitud, vestida con un abrigo caro, tocaba "esa" puerta. Carlota desconocía que debajo de esa costosa prenda solo había un camisón desgarrado y lleno de sangre. Quizá si lo hubiera sabido ni siquiera la habría atendido.

—¿Qué quieres? —le preguntó seca.

Esther señaló el letrero.

—¿Estás segura? —dijo desconcertada la señora.

Esther no sabía en qué mundo estaba pidiendo entrar, lo único que quería era un lugar que le ofreciera la posibilidad de pasar la noche, o quizá muchas noches. Un sitio que le diera algo de esperanza ante su desgracia. La mujer abrió una reja que rechinaba un poco y la hizo pasar.

—¿Tu equipaje?

—Solo traigo lo puesto.

A Carlota le extrañó un poco, pero no la cuestionó.

Mientras Esther caminaba entendió por qué Carlota al abrirle se había sorprendido tanto. Cualquier mujer joven en su sano juicio hubiera salido corriendo de ahí, pero ella estaba haciendo justo todo lo contrario. Por extraño que pareciera algo dentro de ella le decía que podía hacer de ese espacio su hogar, a pesar de ser un centro penitenciario para hombres de alta peligrosidad.

Conforme recorría los pasillos color gris que la conducían a su cuarto, curiosamente se fue sintiendo más segura. Cada paso que daba la hacía sentir menos desprotegida.

—A ver cuánto duras aquí. La última al tercer día me dejó todo botado —refunfuñó Carlota.

—No se preocupe, yo no tengo a dónde ir —susurró mi abuela.

Carlota la vio con lástima, pero también sonrió, al fin alguien se quedaría a ayudarla a atender a los presos. Necesitaba una enfermera eficaz, porque ella ya estaba harta de siempre quedarse sola al frente de la clínica de la cárcel.

—¿Tu nombre?

—Esther.

—Esther, ¿qué?

—Esther, solo Esther —dijo mientras pensaba que quería dejar atrás su vida entera.

—No sé de qué estés huyendo, pero mientras cumplas a cabalidad las reglas de este lugar puedes quedarte.

Las reglas eran estar lista a las seis de la mañana, hacer guardia cuatro noches a la semana, usar todo el tiempo uniforme, mantenerse en el área dedicada al hospital, no visitar las celdas de los prisioneros, no recibir visitas en el penal y no involucrarse sentimentalmente con un reo. Mi abuela dijo sí a todo sin pensar, era tal su necesidad que lo que le hubieran puesto en ese reglamento lo habría acatado.

Su cuarto medía tres por tres y estaba pintando de color blanco; había una cama individual con un colchón duro, una pequeña almohada, unas sábanas y un par de cobijas delgadas. No se quitó el abrigo al entrar, tenía frío. El uniforme que usaría estaba doblado sobre una silla, al verlo respiró agradecida, al menos tendría ropa limpia con qué cambiarse. Se metió a dar un baño, se talló con mucha fuerza intentando dejar atrás la violencia marcada en su cuerpo y en su alma, rompió el camisón sacando toda su rabia y lo tiró. Desnuda se puso de nuevo su abrigo y se durmió.

Esa noche soñó con una casa a medio construir que tenía un jardín enorme en forma de un laberinto, del que ella por más que lo recorría no podía salir. Después de mucho intentarlo, logró llegar a la salida, pero para su sorpresa en esta había una enorme y pesada reja de hierro. Ella sabía que si la cruzaba encontraría la libertad. Al lado había unas llaves con distintos nombres que le eran familiares: Emilia, Yaya, Antón, Tomasa, Braulio, Herminio, los nombres de sus medios hermanos, los de los trabajadores de su casa, los de la gente que frecuentaba, pero ninguna servía. Estaba desesperada, por más que lo intentaba no conseguía que la cerradura abriera. Se despertó llena de angustia y sudorosa, y como si alguien le hubiera susurrado al oído, recordó una frase que alguna vez le oyó decir a su madre: "Nadie sale del laberinto propio con una llave ajena". Esther tuvo la certeza de que solo ella podía encontrar esa llave, porque solo de ella dependía su felicidad.

Los primeros días fueron muy difíciles, todo el tiempo reprimía el llanto ahogado que la inundaba. Pensó que no resistiría, no tenía ninguna motivación para seguir viviendo. Quizá era más fácil tomar el mismo camino que había decidido Yaya al suicidarse, pero con el transcurrir del tiempo fue encontrando su centro. Su fuerza de carácter comenzó a instalarse de nuevo. No se derrumbó, no se victimizó, ni anuló su vida ante lo ocurrido ni ante las circunstancias que la rodeaban, su espíritu indomable la sostuvo.

Una mañana abrió los ojos y prendió la luz. En su cuarto no había ventanas, así que solo se guiaba por un reloj que Carlota le había prestado para saber si era de día o de noche. Se quedó unos minutos en su cama, la alarma aún no sonaba, tendría unos instantes para ella antes de iniciar sus labores. Se sentó, respiró profundo, observó el lugar y sonrió ligeramente. Por primera vez se sintió en su propio hogar, uno que ella había elegido, uno que ella se había provisto, y, aunque este solo midiera tres por tres metros, era su territorio y en él nadie más que ella mandaba. Se levantó, tomó su abrigo, descosió la bastilla con un bisturí y sacó el dinero y las joyas. Después hizo lo mismo con la orilla de su colchón, ahí guardó su tesoro y luego con toda calma lo zurció con hilo para suturar.

Se sintió segura al saber que si quería podía abandonar ese sitio, ya había recuperado su ímpetu y con el dinero y las joyas saldría adelante con mayor facilidad, pero decidió quedarse. Esa sería su nueva morada y no necesitaba nada más. Por decisión propia optaba por permanecer en la cárcel con total libertad.

La tentación

Los años ayudando a Tomasa a curar a los trabajadores de la hacienda cuando tuvieron algún accidente le sirvieron a Esther para convertirse en enfermera antes que dos o tres aspirantes que llegaron casi al mismo tiempo que ella, y las cuales terminaron yéndose. No era fácil para una mujer resistir la presión masculina de "esa bola de animales salvajes", como Carlota siempre definía a los presos. Muchos recibían visitas conyugales, pero aun así el encierro animaba el instinto y parecía un hervidero de deseo dispuesto a satisfacerse en cualquier momento. Pero para Esther esto no significaba ningún reto. Había logrado sepultar en su interior la herida que un solo hombre había dejado en ella al tomarla por la fuerza. La violación había destruido por completo su deseo de sentirse mujer al enterrar en lo más profundo de su ser a la Afrodita que había aflorado con Herminio aquella noche que la rescató del río. Así que, con los pies bien puestos en la tierra, fortaleció su templanza y puso a su guerrera alerta para evitar cualquier otra situación de abuso que pudiera existir.

Esto aunado a su belleza y natural sensualidad hacía que, ante ella, los ahí sentenciados la percibieran como una especie de diosa que, si bien despertaba sus bajos instintos y deseos insanos, también generaba cierta admiración y la impresión de ser inalcanzable. Lo que más les sorprendía era que ella no les tuviera miedo y los tratara como si la sangre jamás hubiera manchado sus manos;

para ellos no había mayor afrodisiaco que sentirse un hombre normal ante una mujer tan especial. Poco a poco se fue ganando el respeto de todos los presos, quienes reconocían que era una mujer diferente a las demás, aunque en las noches no podían evitar dedicarle sus pensamientos mientras se masturbaban recordando su descomunal y enigmático atractivo heredado de sus mujeres ancestrales.

Esther había hecho de la cárcel su mundo y estaba en perfecto control de su cuerpo y de sus emociones. Propuestas no le faltaron, tanto de los directivos del penal como de los delincuentes, pero estaba convencida de que jamás volvería a encender su fuego interno y se resignó a vivir sin él. En ese, su nuevo "hogar", no lo necesitaba. A pesar de ser un sitio lleno de testosterona, su cuerpo no se encendía y nada ni nadie le robaba su paz mental. Pero dicen que las almas hacen acuerdos antes de encarnar y en ellos se definen encuentros que serán determinantes para nuestra existencia; Esther no lo sabía en ese momento, pero con el traslado de Guillermo Altamirano al penal su vida daría de nuevo un giro vertiginoso.

Guillermo era un hombre muy varonil, alto, de espalda ancha, brazos fuertes, tez morena clara, barba cerrada, pelo ondulado negro y ojos color miel. Era culto, inteligente y de gran personalidad. En otro contexto hubiera sido un hombre perfecto del cual enamorarse, pero no cuando era el preso setecientos cincuenta y cuatro y había sido acusado de doble homicidio.

Una mañana Guillermo se despidió de su esposa como todos los días para ir a trabajar a su oficina. Al llegar y revisar los números se dio cuenta de que estos no cuadraban, había faltantes. Trató de localizar a su socio, pero no logró hacerlo. Recordó que en su casa tenía unos documentos que lo sacarían de dudas sobre su sospecha. Le resultaba muy difícil considerar la traición del que casi era su hermano. Tenía que encontrar la verdad lo antes posible. Regresó a su hogar. Pensando que no había nadie se dirigió al despacho. Estaba buscando los documentos que necesitaba cuando escuchó ruidos en la parte superior. Creyendo que podía tratarse de un robo, tomó la pistola que estaba en su escritorio. Esa arma nunca había sido disparada. Guillermo la tenía por seguridad, no era violento, pero había practicado el tiro al blanco recreativo y sabía usarla a la perfección. Subió despacio y se dirigió a la puerta de la habitación. Al abrirla vio a su mujer desfogando pasión con su socio. Ellos no se dieron cuenta de que él estaba ahí y continuaron con su encuentro sexual. Guillermo sintió arder su cuerpo, pero mantuvo la mente fría. Se dio tiempo de observarlos, y tuvo la oportunidad de cambiar su destino, pero no lo hizo. Con toda calma y en plena consciencia, le quitó el seguro a la pistola, apuntó y con precisión disparó dos veces. No hubo necesidad de usar una tercera bala. Su esposa y su socio murieron al instante. No trató de huir. Se sentó frente a los cuerpos inertes y esperó a que llegara la policía. Aceptó su crimen y la sentencia de más de cuarenta años por haberlos asesinado.

A Guillermo se le notaba la clase y la preparación; era un arquitecto afamado, lo que ocasionó el rechazo de varios reos que decidieron darle una calurosa "bienvenida" para que "el alzadito" se ubicara en su nueva realidad. Durante la riña, su compañero de celda le enterró un fierro que estuvo a punto de perforarle el hígado; por fortuna, no alcanzó a tocar el órgano, pero la herida era profunda y requirió de asistencia médica. El otro reo no tuvo tanta suerte, Guillermo logró quitarse el fierro y para defenderse lo hundió en el pecho de su compañero, dejándolo tendido en el patio central y sumando otra muerte a su condena, así se convirtió en el criminal más peligroso del penal.

Con estos antecedentes, hasta los custodios se mantenían a distancia, pero no Esther, quien a pesar de las excepcionales circunstancias en las que lo conoció, sintió una inusual atracción por ese hombre de mirada firme y enigmática. Al verlo semidesnudo tendido en una camilla mientras el doctor lo auscultaba, una extraña sensación comenzó a recorrerla. Se desconcertó al percibirse sumamente cautivada por él. Era como si su cuerpo despertara al maravilloso mundo de los cinco sentidos. Desde la noche de la violación había estado totalmente desconectada de su piel, pero al parecer ese desconocido la estaba conectando. A pesar de lo que estaba experimentando, quiso pasar desapercibida, pero Guillermo distinguió el aroma que sus hormonas emitían, volteó a verla y clavó sus ojos en los de ella. El cruce de sus miradas la sacudió, fue como si un rayo muy potente la golpeara y acelerara su respiración.

Esther sabía que no podía tener ningún contacto físico con los presos, era parte del reglamento, y si cometía una infracción perdería el trabajo y los beneficios de techo y sustento que su labor como enfermera le daba dentro de la cárcel. A pesar de que su instinto la llevaba a él, prefirió contenerse, pero lo que ella desconocía era que, a unos metros de su habitación, en la cama del hospital, Guillermo con cadenciosos movimientos se daba placer mientras sostenía en su mente la imagen de su cuerpo.

Con cada encuentro la tensión sexual aumentaba. Esther se daba cuenta de cómo cada vez le era más difícil frenar las ganas de tenerlo cerca, y para evitar que su instinto la traicionara optó por estar siempre con alguien más mientras lo curaba, pero las cosas se complicaron, se le infectó la herida. Requería mayor atención. Carlota se lo asignó como su paciente y él tendría que estar solo bajo su cuidado.

Aprovechando la situación, Guillermo comenzó a romper la barrera que ella había puesto.

—¿Cómo te llamas?

—No nos permiten hablar con ustedes —dijo Esther evasiva.

—¿Y siempre haces lo que otros te dicen? —la cuestionó retador Guillermo.

Mi abuela sonrió al recordar su verdadera esencia. La rebeldía era parte de ella, pero la violación de Herminio la había marcado de tal forma que se había ido apagando hasta consumirse. Desde ese hecho Esther se encontraba en modo sobrevivencia. Él no lo sabía, pero con su presencia estaba motivando de nuevo su ser y la estaba haciendo florecer.

—Al menos te hice sonreír —dijo seguro de sí el criminal.

Hacía mucho tiempo que Esther no sonreía y provocarle una alegría, aunque fuera momentánea, se convirtió en su principal motivación, ya había percibido la tristeza y desazón en su mirada y deseaba verla brillar. Esa mujer con su belleza lo tenía trastornado, pero al pasar tanto tiempo juntos comenzó a descubrir su corazón.

Él era un hombre de mundo y decidió compartir el suyo con ella, cuya vida se había limitado a la hacienda de sus padres y al tiempo que había vivido en la cárcel. Sin proponérselo, más allá de la fuerte carga sexual que se respiraba entre ellos, Guillermo con sus conversaciones la hacía viajar a lugares jamás imaginados, conocer personas con las que nunca se cruzaría y degustar sabores que no visitarían su paladar. Ver el asombro de ella ante lo desconocido y sentirse tan vivo a su lado, le dio otro significado a su estadía en ese lugar.

Una vez que el doctor lo dio de alta, Guillermo regresó a su celda y ambos comenzaron a sentir la añoranza de esas pláticas compartidas, de esos momentos de verdadera intimidad, y el deseo de la presencia del otro fue en aumento. Sin embargo, Esther también advirtió cierta paz al saber que él ya no regresaría a la clínica, paradójicamente al haber matado a su compañero se había ganado el respeto de los demás prisioneros, por lo que nadie volvería a atentar en su contra y las posibilidades de encontrarse otra vez se reducían al máximo. Así que Esther no correría el riesgo de poner en peligro su estadía en la cárcel, aunque tuviera que reprimir el deseo de ver de nuevo a ese hombre.

Por su parte, Guillermo, hasta antes de matar a su esposa y a su socio, había sido un hombre que se conducía bajo las reglas de la honestidad y del deber ser, pero dicen que no hay nada más peligroso que alguien que ya no tiene nada que perder. Lo único que lo ataba y motivaba para seguir enfrentando cada día era justo esa enfermera que le había dado una razón a su existir. El deseo de verla de nuevo se convirtió en una obsesión. No le quedaba de otra más que tomar la iniciativa y sobornar al guardia que vigilaba el área en la que estaba su celda para poder llegar a esa mujer. Decidido, le pidió a su abogado que le trajera un sobre con una buena cantidad de dinero en efectivo y esa misma noche se lo entregó al celador con la petición de permitirle llegar hasta el cuarto de mi abuela. El custodio se le quedó viendo. Guillermo le sostuvo la mirada esperando su respuesta.

La visita inesperada

A las once y media de la noche el cerrojo de su celda se abrió y una especie de croquis para llegar a la habitación de Esther fue deslizado por debajo de su reja. Guillermo salió y encontró una pequeña linterna. La tomó y junto con el mapa los metió por debajo de la camisola de su uniforme para desde ahí poder seguir las instrucciones sin llamar la atención. En el croquis venían señalados los puntos de seguridad y los accesos hasta los dormitorios del personal de la enfermería. Su corazón latía acelerado, no por el miedo a ser descubierto, él estaba dispuesto a pagar el precio de ser mandado al cuarto de castigo por varios días si era necesario, sino porque cada paso lo acercaba a ese oscuro objeto de deseo en el que se había convertido mi abuela para él. Guillermo desconocía cuál sería su reacción al verlo. Intuía que ella sentía la misma atracción, pero no sabía si era su propia mente la que quería creerlo o era una realidad, de lo que no tenía ninguna duda era de que todo dependería de ella cuando estuvieran frente a frente. Él no sería capaz de tomarla por la fuerza. No era un violador.

Estaba a tan solo unos metros de llegar ante Esther, cuando al caminar pegó con un mueble que no alcanzó a ver por la oscuridad; del cuarto contiguo salió Carlota, encendió la luz del pasillo y gritó preguntando si alguien estaba ahí. Guillermo contuvo la respiración y se escondió detrás de una pared. Estuvo a nada de ser descubierto, pero la jefa de enfermeras, al no ver a nadie sospechoso, se devolvió a su habitación. El camino estaba libre.

Se acercó a la puerta de Esther y tocó con suavidad. Ella ya estaba en la cama, y pensando que era Carlota se paró y con confianza abrió la puerta. Se paralizó al verlo frente a ella.

—¿Qué haces aquí? —lo cuestionó sorprendida.

—Quería verte. Te echo de menos —dijo Guillermo sosteniéndole la mirada.

—¿Sabes lo que va a pasar si te encuentran fuera de tu celda?

—Sí, pero tú vales el riesgo. ¿Puedo pasar?

Mi abuela deseaba hacerlo entrar, esa sería la primera vez que estarían solos, y si con gente alrededor había magia entre ellos, no podía ni imaginar lo que ocurriría si entraba y cerraban la puerta al mundo exterior. Pero el peligro de ser despojada de su único hogar activó su instinto de sobrevivencia y en ese momento no perder su seguridad pesó más. A pesar de lo que su ser le pedía, ganó la cordura y determinante le dijo que se fuera y no volviera, pero él seguro le dijo:

—Córreme de aquí las veces que quieras, pero seguiré viniendo.

—Vete o le llamo al guardia para que te lleven a la celda de castigo.

Guillermo la vio fijamente, se le acercó hasta casi poder respirarla. Esther se mantuvo firme, aunque por dentro quisiera besarlo.

—Regresa a tu lugar —le ordenó.

El criminal solo pronunció dos palabras:

—¡Hasta mañana!

Y se fue. Entre ellos no había posibilidad de un "hasta mañana". Él no podía ir a visitarla a la enfermería, ni ella entrar al área de las celdas. A pesar de ello, mi abuela no pudo dejar de pensar ni un solo segundo en la promesa hecha por el asesino. Al regresar a su cuarto para dormir, creyó que esas palabras se las había llevado el viento, pero no fue así, en punto de las veintitrés horas con cuarenta y siete minutos, Guillermo apareció tocando a su puerta con la esperanza de que lo dejara entrar esta vez, pero no lo consiguió.

Otro hubiera claudicado ante la negativa de mi abuela, pero él tenía su intención clara y siguió insistiendo.

A cuentagotas, se avivaba el deseo de reencontrarse a solas cada noche, aunque solo fuera por unos minutos, porque mi abuela persistía corriéndolo de su habitación. Sin embargo, ese breve instante compartido era un recordatorio de que a pesar de las circunstancias seguían siendo un hombre y una mujer cuya alma encarnada en un cuerpo latía al mismo ritmo de un corazón que exigía la presencia del otro, y eso era total y absolutamente adictivo. Esther comenzó a sentirse deseada y en Guillermo la energía de conquista y de virilidad tomó fuerza, ambos advirtieron que su estancia en la cárcel tenía un para qué.

Pasaron los días, las semanas, los meses y este sutil encuentro se convirtió en un ritual revitalizador. Era un alimento en pequeñas dosis que fue llenando su alma de alegría dentro de un mundo tan hostil. Hasta que una noche, cuando la luna visitaba la constelación de Tauro, la Afrodita de Esther tomó el mando y ante la pregunta: "¿Puedo pasar?", mi abuela por primera vez dudó. Él se sorprendió al ver que ella no le decía de inmediato que se fuera. En esos instantes dubitativos su cuerpo emanó un aroma que encendió sus sentidos y perdiéndose en su mirada dejó atrás todos los miedos y aceptó. El animal que la habitaba ganó.

—Pasa.

Guillermo no podía creerlo, al fin la diosa que tanto deseaba se abría ante él. Con seguridad entró, cerró la puerta y se plantó frente ella con toda su masculinidad. Sin tocarla la vio fijamente incrementando el deseo. Después fue acercándose hasta que ya no pudo resistirse y empezó a morder con suavidad sus labios, mientras con sus manos comenzó a descubrirla. Esther sintió cómo su cuerpo iba despertando con cada caricia, cómo su respiración se aceleraba y cómo su cadera se movía a voluntad propia. Sin decir ni una sola palabra, jaló la cinta de su camisón para permitir que este cayera al suelo y mostrarse disponible para él. Guillermo no podía creer la perfección de sus formas: sus pechos firmes, su breve cintura y sus nalgas redondas. La tomó con delicadeza, pero con la firmeza suficiente para conducirla en el arte del amor.

Guillermo la recargó en la pared y acariciaba su espalda mientras besaba su nuca, siguió con su hombro, paladeo su cintura y mordió con los labios su trasero hasta bajar a sus muslos. Luego la giró, la cargó y la depositó en la cama. Se dio unos segundos para deleitarse con su belleza. Esa mujer era irresistible para él y deseaba degustar todos sus recovecos. Su piel era la encarnación del misterio del universo. Tomó su pierna y con su boca besó sus pies mientras sus manos la recorrían. Poco a poco fue subiendo por su cuerpo hasta perderse en sus senos. Luego se inclinó en su sexo y con su lengua dibujó mil veces el símbolo del universo creándole una serie de sensaciones nuevas que la hicieron explotar de placer.

Esther había pensado que jamás volvería a estar con un hombre, lo ocurrido con Herminio la había marcado de tal manera que rechazaba el mínimo contacto, pero ante la presencia de Guillermo todo su ser se vulneró y se rompieron sus barreras. Se abandonó en él y se entregó al descontrol. Ella había sido tomada por la fuerza, pero esta era la primera vez que hacía el amor. A punto de alcanzar un orgasmo, Guillermo se detuvo y le dijo:

—Quiero verte gozar.

Perdiéndose en su mirada, la sentó sobre él y, como si fueran un mismo cuerpo, la penetró. Empezaron de manera instintiva a moverse en un mismo ritmo que sincronizó los latidos de sus corazones. En unos minutos de intensa locura, el mundo que los rodeaba desapareció y, viéndose fijamente a los ojos, ella alcanzó el clímax y él unos segundos después. Jadeantes y sudorosos se dejaron caer en la cama abrazados. Ambos perdieron la consciencia del presente y la cárcel se convirtió en un paraíso. Nada existía a su alrededor más que ellos dos.

El reloj despertador sonó. Los dos se levantaron sobresaltados. Guillermo tenía tan solo unos instantes para llegar a su celda sin ser descubierto. Entre los dos encontraron su uniforme y salió dejando a mi abuela con el Jesús en la boca. Después de momentos de angustia deseando que no sonara ninguna alarma que confirmara que había sido descubierto, regresó la calma a su rostro. Respiró aliviada y se dejó caer de nuevo en su cama, que aún tenía rastros de la humedad compartida.

Y justo en ese momento, Esther recordó una conversación que escuchó siendo niña entre Yaya y Tomasa. Platicaban sobre el amor pecaminoso que Emilia había vivido y se sintió identificada. Ella se había enamorado de un seminarista; mi abuela, de un asesino. Quizá esos hombres eran las dos caras de una misma moneda, y tuvo la sensación de que esa noche mi tatarabuela le había dado el permiso de vibrar al lado del delincuente más peligroso del penal. Porque en ese momento poco importaban los motivos por los que él le había quitado la vida a tres personas, o por los que ella se había refugiado en un lugar tan inhóspito. En ese primer encuentro ellos habían sido un hombre y una mujer que lograron trascender su realidad y sus roles sociales para ofrendarse un poco de amor. A pesar de lo que pudiera parecer, no se trataba solo de una pasión, esa noche ambos se entregaron el corazón; no se trataba solo de un contacto de pieles deseantes, lo de ellos era algo mucho más profundo, era un cruce de almas que marcaría sus vidas.

Siguiendo el sendero de su clan, su alma no eligió a un hombre aprobado por la sociedad, como lo hubiera sido Darío Miranda, el director del penal, quien desde que la conoció le ofreció una relación formal y le expresó su deseo de convertirla en su esposa si todo caminaba bien entre ellos; pero Esther no era una mujer convencional que anhelara ocupar ese lugar en la vida de nadie, ni que buscara la seguridad que un marido pudiera darle, así que le fue fácil rechazar su propuesta, a pesar de que él la llenó de elogios, regalos y lindas palabras. Darío era lo que se consideraba un verdadero caballero, pero la vida tradicional, monótona y circunscrita en las reglas sociales que él ponía a sus pies no le interesaba.

A Esther no le preocupaba el futuro, ni los años por venir. Le había quedado claro que la vida hay que vivirla día a día, porque hay eventos que no puedes evitar aunque quieras hacerlo, como la muerte de su caballo cuando una víbora lo mordió y ella solo tenía cinco años, como el suicidio de su madre y la violación de la que había sido víctima. Hay situaciones que el destino te tiene deparadas y de las que no escapas. Y tal parecía que su relación con Guillermo era una de ellas.

Después de aquel primer encuentro vinieron muchos más, igual de intensos y sublimes. Saberse juntos le daba un valor especial a su diario existir y cada noche creaban su propio universo. Esther pensó que no necesitaba nada más. Su existencia estaba completa, sin embargo, Guillermo comenzó a añorar la vida libre que tenía hasta antes de convertirse en un presidiario y se instaló en él la necesidad de dejar ese sitio para poder recorrer el mundo al lado de esa mujer que le había dado un nuevo sentido a la vida. Y sin que Esther lo supiera, él empezó a planear la forma de escaparse de la cárcel con otros dos reos. No quería estar toda su vida tras las rejas, amándola solo en un cuarto de tres por tres metros, deseaba recorrer nuevas tierras prendido de sus labios.

Guillermo sabía que era culpable de los tres crímenes que se le imputaban, la libertad no estaba en su futuro, por eso su única opción era fugarse, pero después de su historia de amor con la enfermera no pensaba irse sin ella, no sabía si Esther estaría dispuesta a seguirlo.

La fuga

Una noche de luna nueva después de hacer el amor, mientras Esther descansaba recostada sobre el pecho de Guillermo, él decidió ponerse en riesgo y hablarle sobre su plan de fugarse del penal.

—Escápate conmigo.

—¿Qué? —dijo sorprendida Esther.

—Ya casi está todo listo y me quiero ir contigo.

No podía creerlo, se estremeció. Guillermo necesitaba encontrar su libertad fuera de esas paredes, pero Esther justo la había encontrado dentro de ellas.

—No, yo no me voy a ir de aquí —respondió enfática.

—Por favor, Esther, podemos iniciar una vida juntos en cualquier otro lugar, en donde tú quieras, pero lejos de esta maldita cárcel —dijo el asesino vehemente.

—¿Y vas a estar huyendo el resto de tu vida? —Esther lo cuestionó.

—Sí, pero contigo. Podemos irnos muy lejos de aquí. Tú tienes el dinero y las joyas de tu familia y mi abogado ya sacó todo lo que yo tengo. Nada nos va a faltar. Por favor, Esther, dime que sí.

Mi abuela no pudo darle una respuesta esa noche, ni las que siguieron. Pasaron tres semanas, y mi abuela se resistía a abandonar el lugar que tanta contención le había dado los últimos años. Esther no había salido del penal ni un solo día desde aquella noche que llegó a la Ciudad de México. La sola idea de cruzar la salida del centro penitenciario la hacía temblar de pánico. El miedo de ser parte de un mundo desconocido para ella la aterraba. Guillermo, desesperado, le aseguró que él estaría siempre a su lado, que no tenía nada que temer, pero aun así no lograba tener claridad para elegir el camino a recorrer.

El día de la fuga llegó. Guillermo se presentó en punto de las veintitrés horas cuarenta y siete minutos. Esther tenía que tomar una decisión. Después de dudarlo mucho, finalmente el amor ganó y pronunció el tan anhelado "sí". Guillermo sintió una profunda alegría. Todo estaba listo para llevarse a cabo, el escape sería durante la madrugada, así que acordaron verse fuera de la cárcel la noche siguiente en punto de las veintiún horas, en la parte trasera de la catedral.

Este sería su último encuentro dentro del penal. Era tanta la adrenalina que sentían que hicieron el amor hasta que sus cuerpos se agotaron. Tendidos en la cama, dibujaron en el techo sus sueños. Se imaginaron comprando una casita en una playa, en donde escondidos del mundo vivirían su amor bajo los rayos del sol, aunque en el fondo ninguno de los dos pudiera asegurar que su anhelo fuera a cumplirse. La vida es un mar de posibilidades y a veces la marea está a tu favor, pero otras, va a contracorriente.

Guillermo se despidió con un beso con tintes de futuro compartido. Ella, llena de ansiedad, se aferró a él unos minutos más y le dio otro beso que sabía a incertidumbre. Después cerró la puerta y se recargó en ella tomando fuerza. Descosió el colchón y sacó la herencia familiar que era su única posesión, la envolvió en un pañuelo, la escondió entre su ropa interior y se sentó a esperar a que el tiempo transcurriera y la fuga se perpetrara.

Por un momento pensó en evitar que el hombre que amaba escapara. "¿Para qué cambiar su realidad si así era feliz?", se cuestionó.

Se paró decidida a avisarle al director del penal el plan de Guillermo, pero al llegar al quicio de la puerta se frenó en seco, sabía que, si le arrancaba la posibilidad de vivir en libertad, él jamás la perdonaría y ella no quería un amor obligado ni basado en un engaño. Respiró profundo y se sentó a esperar.

Una chispa de vida

Guillermo había planeado huir del reclusorio por un túnel que había excavado junto con otros reclusos. Un día antes habían logrado terminarlo y a través de él llegarían de su celda a la parte exterior del penal. Esto sucedería exactamente a las tres treinta y tres de la madrugada, cuando se realizara la última ronda de los custodios antes del amanecer.

A pesar de querer mantenerse en alerta, el sueño venció a Esther. Su corazón se sobresaltó y estuvo a punto de estallar cuando las sirenas de la cárcel se encendieron. Se incorporó de inmediato. Abrió la puerta para salir. Pensó que era mejor dejar el penal en ese mismo instante a pesar del caos que se escuchaba, no quería arrepentirse y no sabía si se atrevería a hacerlo si se esperaba hasta que saliera el sol como lo habían planeado, pero uno de los carceleros la obligó a quedarse en su habitación.

—Se escaparon tres reos. Métete y ponle llave a tu puerta.

—¿Quiénes huyeron? —preguntó fingiendo que no lo sabía.

—No lo sé —dijo el guardia y se fue.

A lo lejos se oyó una balacera, la última vez que Esther escuchó disparos había sido la noche de la violación. Sintió un escalofrío que recorrió todo su cuerpo. Su latido se detuvo por un momento, le era difícil respirar. Sus piernas estuvieron a punto de doblarse, perdió la fuerza y tuvo que sostenerse de la pared. No pudo aguardar más y abandonó su habitación. Corrió hasta el patio y vio justo cuando uno de los policías le exigía a un hombre que ya estaba en el exterior del centro penitenciario que se detuviera. Al no obedecerlo le disparó cuando intentaba desaparecer en la densa niebla. Esther contuvo la respiración al verlo caer herido. Los guardias abrieron la reja principal. Se oyeron más disparos. Otro reo caía abatido, mientras que uno más lograba escapar entre los árboles. Esther, angustiada, rogó a Dios que este último hubiera sido Guillermo y que la vida les permitiera, como lo habían planeado, volver a verse.

A pesar de la petición de los policías para que se mantuviera dentro del edificio, Esther corrió hacia el primer hombre. Su ser descansó al comprobar que era otro presidiario. Le tomó el pulso y lo dio por muerto. Después se dirigió al segundo reo, conforme llegaba hacia él comenzó a llorar por dentro. Era Guillermo. En ese momento su mente se desfasó de la realidad, era como si una parte de ella hubiera corrido hacia su amado y la otra se quedara paralizada observando cómo una bala le estaba arrebatado a la persona que más amaba.

El tiempo parecía trascurrir con total lentitud. Era tal el impacto recibido que se le olvidó respirar y casi se desmaya al verlo tirado en un charco de sangre. Pensó que estaba muerto, pero una bocanada de aire entró a sus pulmones y lo hizo reaccionar. Aún estaba con vida. Llena de esperanza se arrodilló y lo tomó en brazos.

—Resiste, por favor, resiste. No te vayas —le dijo al oído.

Volteó a ver a los policías.

—Llamen al doctor Izaguirre. Este hombre se está muriendo.

Uno de ellos obedeció la orden, pero era demasiado tarde. Guillermo abrió los ojos, la acarició con una mirada llena de nostalgia por dejarla sola y por no poder alcanzar los planes futuros que habían compartido. Murió en sus brazos al igual que lo había hecho su madre cuando ella era una niña.

Así, sin más, de nuevo Esther vio desaparecer su felicidad y tocó el profundo dolor de la pérdida. Y es que, con la muerte de un ser amado, se vive la propia. Todo se desvanece y pierde sentido.

Arrastrando el alma volvió a su cuarto, la sangre de Guillermo aún estaba fresca sobre su pecho y sus manos. El desconsuelo era desgarrador, lloró hasta quedarse seca y sacando su furia destruyó con coraje todo lo que había en su habitación. Ese hombre la había abandonado al morir, tal y como Yaya lo había hecho. Estaba sola de nuevo. Se dejó caer en el piso, no tenía fuerza ni horizonte fijo. Perdió la noción del tiempo y poco a poco se fue quedando dormida. Al día siguiente el frío en su corazón la despertó. Se sentó en una orilla de su cuarto, abrazó sus piernas y tocó sus labios recordando el último beso que se habían dado. Y a pesar del profundo dolor, en el que sentía que le habían arrancado el corazón, tuvo que reprimir sus sentimientos y congelar sus emociones para evitar que su secreto quedará expuesto y así perdiera lo único que le quedaba, su pequeño hogar.

Pensó que con la muerte de Guillermo nadie sabría lo que habían vivido. Todo quedaría almacenado en su memoria, ya que únicamente ellos dos y un par de cómplices de su amante sabían de su historia prohibida. Solo que nuestros actos, lo queramos o no, siempre tienen consecuencias y producto de este amasiato surgió en la matriz de mi abuela una chispa de vida. En esa última noche compartida, a tan solo unas horas de que su gran amor muriera, ambos habían engendrado a un nuevo ser. La muerte y la vida estaban tomadas de la mano. Unos se iban mientras otros llegaban.

Esther no podía creer tan mala suerte. No era del tipo de mujer que pensara en la maternidad como un regalo, ni mucho menos que hubiera estado esperándola para que su existencia cobrara significado. Ella había sido educada por su padre bajo la creencia de que una mujer era valiosa solo cuando estaba al lado de un hombre y cuando daba vida, pero mi abuela estaba convencida de que eso era una vil mentira, y, dadas las circunstancias, la llegada de un bebé ocurría en el peor momento. Tuvo la certeza de que el destino se estaba burlando de ella y se desató su rabia.

Tenía que tomar una decisión respecto a su futuro. Esa gestación ponía en riesgo su estancia en la cárcel. Si sabían que estaba embarazada, descubrirían que había infringido las normas y la correrían de inmediato. Y si con Guillermo dudó en abandonar la cárcel, sola la posibilidad no existía. Decidida buscó la que creyó era su mejor alternativa y tomó un medicamento abortivo, pero salvo por un dolor profundo en el vientre, nada más ocurrió. Con temor ante la posibilidad de un desgarre, pero decidida a interrumpir el embarazo, introdujo una pinza quirúrgica ocasionándose un gran sangrado, solo que para su desgracia no había rastros de la bolsa embrionaria, el feto parecía estar bien aferrado a su útero. Esa alma quería nacer a pesar del rechazo de su madre.

Desesperada al ver que no había conseguido su objetivo, se cuestionó la posibilidad de dejar el reclusorio, pero ¿qué haría con un hijo en un lugar en el que jamás había vivido? O si acaso lograba convencerlos de que la dejaran quedarse en la prisión, ¿cómo sería ahora su vida con un bebé en la cárcel? ¿Qué podría ofrecerle rodeados de tantos seres sin escrúpulos?

El mundo interno de Esther empezó a colapsar y para subsistir tuvo que enterrar su vulnerabilidad y cubrir su corazón con un caparazón infranqueable, igual que hicieron las mujeres ancestrales con las que había compartido la misma sangre.

Después de pensarlo, tomó la única posibilidad real que podía vislumbrar en un momento tan difícil: confesar la verdad, romper su miedo y hacer uso de su herencia para irse con su hijo a otro lugar.

Muy a su pesar, buscó a Darío y le informó que estaba embarazada. Por más que insistió no pudo sacarle el nombre de quien la había preñado. Darío, imaginando que alguien había abusado de ella en la cárcel, de manera compasiva le ofreció hacerse cargo del bebé y de ella. Esther fue sincera y le dijo que no existía ninguna posibilidad real de que sintiera amor por él, pero su jefe sí lo tenía por ella y una forma de conseguir que ella estuviera a su lado fue brindándole su protección.

Antes de abandonar la cárcel, Esther tomó las joyas y el dinero de la familia y, sin darle ninguna explicación a nadie, con la cabeza fría, aceptó de la noche a la mañana casarse con el director del penal. Darío desposó a Esther y se adjudicó la paternidad de mi madre Raquel.

Raquel

De la vida en el penal, Esther pasó a la que ahora tendría al lado de un buen hombre, aunque para ella no había mucha diferencia, ya que de estar encerrada entre las paredes de la cárcel ahora lo estaría en las de su nuevo hogar. Ahí cumpliría todos sus deberes, incluso el de esposa, al permitir que Darío la tomara una vez al mes, cuando ella estaba segura de no estar ovulando, pues a pesar de las súplicas de su marido por tener otro hijo, ella jamás quiso volver a embarazarse y lo amenazó con dejarlo si seguía insistiendo. Así que Darío se conformó con hacerle el amor y con darle su apellido a la recién nacida.

Esther canceló a su mujer interior y no volvió a darse permiso de sentir placer. En el fondo tenía miedo de entregarse a alguien que fuera a abandonarla de nuevo. Dicen que los seres humanos actuamos con base en nuestras heridas, y mi abuela había sido marcada por la muerte de su madre y por la del hombre que amaba; con el deceso de ambos, poco quedaba de vida en ella.

Con el duelo habitando su alma y la insatisfacción a cuestas, Esther difícilmente sonreía, socializaba o estaba con su pequeña hija. Lo único que le daba cierto placer era la comida que zambullía para callar sus emociones reprimidas. Sin duda, los excesos tapan vacíos. Pronto su cuerpo comenzó a desbordarse. El sobrepeso cada vez era mayor porque encerraba en este su falta de ilusiones. Todas se las había llevado el padre biológico de su hija al morir.

Con una madre tan dura, castrante y represora, Raquel vivió una infancia marcada por la soledad y el desamor. Para Esther, ella era el vivo recuerdo de Guillermo y eso dolía demasiado, no podía tenerla cerca. Siendo hija única siempre anheló una familia grande y no entendía por qué su madre se había negado a tener más hijos ni por qué jamás había recibido una caricia o una palabra de cariño por parte de ella; aprendió a mirarse a través de los ojos de una mujer para la que nunca fue suficiente. Raquel no se había quedado huérfana como su madre, pero no todas las orfandades implican una muerte física, el continuo rechazo de quien le dio la vida también le provocaba la misma sensación. La historia se repetía sin que ninguna de las dos pudiera evitarlo. El karma familiar se activó de nuevo.

El formar parte de una tribu tocada por la diosa Afrodita le otorgó una belleza singular y la hizo una joven sumamente atractiva. Esther se hizo consciente de esto cuando una mañana Raquel bajó a desayunar usando un camisón que evidenciaba que la noche anterior se había acostado siendo una niña, para levantarse convertida en toda una mujer. Esther no fue la única en darse cuenta, Darío también lo hizo. Su esposa pudo percibir cómo la veía con otros ojos. De inmediato, despertó la alerta interna a que se repitiera en su hija la historia de abuso. Sin permitirle sentarse a la mesa, entre regaños, la cubrió con un chal que ella traía puesto y con ello la obligó a perder la espontaneidad de danzar con ligereza y poca ropa. Después, sin dudarlo, corrió a Darío de su casa, so pretexto de haber tenido una conducta lasciva.

Darío le juró y le perjuró que sería incapaz de faltarle o aprovecharse de su hija adoptiva. Sin embargo, Esther se mantuvo firme en su decisión; en el fondo, también sentía una gran liberación al sacarlo de su vida. Con total y absoluta firmeza, en ese mismo instante se dirigió a su recámara, puso una maleta sobre la cama, la llenó con la ropa de su marido y la sacó a la calle. Raquel le suplicaba que no lo corriera, ella no entendía qué había pasado. Se sentía culpable de algo a lo que no le podía poner palabras, pero de lo que —al parecer— su cuerpo era responsable. Esther, con una bofetada bien puesta, la calló y la mandó a su cuarto. Raquel llena de lágrimas se fue a su habitación y desde su ventana se despidió del que creía era su padre. En cuanto cerró la puerta, mi abuela respiró aliviada, deseaba tanto quedarse sola y no tener que abrirle las piernas a nadie, que a partir de ese instante tomó la decisión de no volver a compartir su intimidad. Renunciar a su sexualidad era casi morir en vida, porque en ella se encuentra nuestra conexión con la existencia, con la madre tierra, con la fuerza que dio origen al todo, pero tal parecía que en esta familia las mujeres estaban destinadas a "morir" de esa manera, sepultando a la mujer que había dentro de ellas.

Por su parte, Darío lleno de culpa al reconocer en su interior que por un instante sí había tenido pensamientos insanos hacia Raquel, siguió haciéndose cargo de todos los gastos de la familia y jamás se divorció de su esposa. Ante la sociedad seguirían siendo marido y mujer. Esther podía mantener su apellido, recibir su mesada y atesorar el dinero y las joyas que le robó a su padre y que tanta seguridad le daban.

Para generar un poco de sensación de hogar, mi abuela llenó el patio central de la casa con jaulas de pájaros, en las que estos animales tendrían comida y techo a cambio de estar encarcelados al igual que ella lo estuvo mientras trabajaba en el penal. Con ellos sublimó su propia sexualidad convirtiéndose en una experta para aparear a las aves. Tenía una gran habilidad para detectar si un pájaro era macho o hembra, los tomaba al vuelo con destreza, los giraba panza arriba y les soplaba en la cola. En un segundo descubría su sexo y los ponía en jaulas más pequeñas; como buena voyerista, pasaba horas viendo cómo se cruzaban detrás de las rejas, al igual que lo hicieron Guillermo y ella tantas veces. Raquel no podía creer cuantas horas pasaba su madre evadiéndose metida en este mundo, pero a la vez, lo agradecía, porque así ella podría gozar de mayor libertad y al mismo tiempo evitar un poco su maltrato, ya que Esther había hecho del cinturón su mejor aliado para imponer su castrante disciplina.

Para poder subsistir en un ambiente tan adverso, siendo una niña, Raquel adquirió la habilidad de vivir en dos mundos: uno real y otro imaginario. En el mundo de fantasía su madre la quería y la aceptaba tal y como era. Sus padres formaban un buen matrimonio y todos en familia celebraban las Navidades y cumpleaños. Esta ilusión le daba paz y alegría, acostumbraba refugiarse en ella cada vez que las cosas se ponían mal entre ambas, lo cual era muy frecuente.

Raquel recordaba en especial una noche en la que Esther salió a una cena y ella a escondidas invitó a Javier a su casa. Él era uno de los muchachos más populares por haberse destacado en el equipo de futbol americano de la escuela. Para sorpresa de mi madre, un día de vacaciones se presentó en su casa y la invitó a salir. Raquel se negó a hacerlo porque era novio de Marcela, una compañera del salón, pero Javier le aseguró que ya habían terminado, así que no había ningún impedimento para empezar algo entre ellos. Comenzaron a tratarse, ambos tenían las hormonas encendidas, pero no tenían un lugar para expresar su amor. Raquel pensó que esa noche que su madre se ausentaría sería una buena oportunidad para estar a solas con él. Desde que Javier llegó empezaron a besarse. La energía sexual invadía cada parte de su cuerpo, Raquel nunca antes había sido tan consciente de su piel. Javier sentía lo mismo, los dos tenían las mismas ganas. Sus manos danzaban por territorios desconocidos que al irlos descubriendo prendían todo su ser. Javier la tomó y la subió a la mesa del comedor, frente a ellos había un espejo que reflejaba la belleza del encuentro. Estaban tan concentrados en sí mismos que no oyeron que la puerta se abrió. Esther había regresado.

Estuvieron a punto de salvarse de ser descubiertos, pero los gemidos que de manera natural salían como un canto a la entrega hicieron que Esther se detuviera a la mitad de la escalera cuando iba rumbo a su cuarto. Bajó lentamente. Su rostro se iba modificando conforme se acercaba a ellos.

Javier ya había desabrochado el vestido de Raquel y ella estaba quitándole el cinturón. Eran un par de adolescentes que deseaban vivir con intensidad. Esther se plantó frente a ellos y con un grito rompió el momento:

—Raquel, ¡¿qué estás haciendo?!

Los dos se quedaron fríos al verla frente a ellos. Se separaron de inmediato e intentaron vestirse. Como pudo, Javier recogió su ropa, volteó a ver a mi mamá, que con la mirada le decía que se fuera. Raquel se incorporó mientras Esther se agachaba a tomar el cinturón que él se había quitado, y con este comenzó a golpearla, mientras le decía que era la peor de las mujeres, que era una golfa.

Hay eventos en la vida que nos marcan de manera definitiva y este era uno de ellos. Su instinto sexual fue reprimido en un solo instante. Esa noche mi madre aprendió que estar con un hombre estaba prohibido, que sentir placer era penado y que entregarse al otro era castigado.

Por supuesto que Esther no solo le pegó, sino que la castigó sin poder ir a ningún lado sin su autorización, además la amenazó con meterla a un internado si volvía a ver a ese muchacho. Raquel no podía entender por qué era tan malo eso que había sentido de manera natural y, como le sucedió en aquel desayuno cuando su madre corrió a Darío, percibió que su cuerpo tenía algo que estaba mal y comenzó a reprimir el placer que este le ofrecía.

Pero aquello no era algo nuevo en su linaje. Sus mujeres ancestrales, al igual que ella, en algún punto de su historia habían reprimido su sexualidad para subsistir, como si el deseo y el placer no fueran parte de la vida. Solo que en este caso lo más aberrante era que Raquel lo había hecho en su tierna adolescencia, debido a la impronta de culpabilidad que su propia madre le había impuesto por haberse permitido el gozo carnal. En contraste, otras mujeres en distintas ciudades ya habían ganado un gran terreno en la expresión de su sexualidad e incluso un buen porcentaje se había convertido en punta de lanza en el despertar femenino; al permitirse tener distintas parejas sexuales, le quitaban a la virginidad el valor sagrado que durante siglos se le había dado, ya que para muchos hombres esta era un valor agregado; ser el primero en la vida sexual de una mujer era similar a obtener el premio mayor de la lotería.

Así en muchas mujeres se estaba gestando otra energía, otro despertar, otra oportunidad de liberación, aunque no para Raquel, quien tenía una madre que le había dado en la madre. ¡Qué pronto se había olvidado Esther de que en su tierna adolescencia ella permaneció desnuda, abrazada a un hombre desconocido! ¡Qué pronto había olvidado Esther que la sexualidad no tenía que ver con los pecados, sino que era parte de nuestra esencia! ¡Qué pronto había olvidado Esther el gozo y el placer que experimentó al permitirse habitar su femineidad!

Debo reconocer que mi abuela no actuaba así con Raquel por ser una mala persona, sino porque estaba convencida de que era una forma de protegerla y de cuidarla, aunque con ello cancelara una de las partes más valiosas de su ser, la sexualidad. Finalmente, mi abuela ya había aprendido a vivir sin ella, así que pensó que no era tan importante, y lo único que sabía con certeza era que no deseaba que su hija repitiera su misma historia. No quería verla sufrir al dejarse arrastrar por una pasión que le robara el alma.

—El costo había sido demasiado alto —susurró mientras reflexionaba sobre ello.

Con Guillermo, Esther había comprobado que el amor sabía a eternidad y había experimentado la magia que surge cuando los cuerpos se funden y se toca la fuente de la vida y la creación, pero también con él había padecido el más profundo dolor ante su ausencia y la soledad que calaba hasta los huesos. No quería eso para su hija. Ella estaba convencida de que el amor, más que una bendición, era una maldición. Por ello, sería mejor instruirla para que no sucumbiera ante ese hechizo. Y, al mismo tiempo que reprimió la sexualidad de Raquel, comenzó a repetirle en distintas circunstancias y con diferentes palabras el mismo mensaje:

—Entregarte en cuerpo y alma a un hombre está prohibido.

Esta creencia permeó en su mente y la llevó, sin darse cuenta, a anular el placer, pues parecía demasiado peligroso. Sin embargo, la energía sexual que la conectaba con la vida, que le daba ímpetu y que era fuego en movimiento, se resistió a morir y para subsistir la motivó a abrirse a varias parejas nuevas, e incluso con algunos llegó a la cama, solo que había un pequeño gran detalle: su cuerpo no lograba despertar ni conectarse de nuevo con su sexualidad. La huella dejada por su madre a través de la culpa y la vergüenza aquel día que Esther la encontró con Javier explorando su cuerpo, más la restricción de entregarse totalmente a un hombre, dejaron un daño profundo y doloroso en su ser.

En la intimidad comenzaban las caricias, los juegos eróticos, y hasta ahí todo funcionaba, pero en el momento de llegar al orgasmo: ni su piel, ni su corazón, ni su mente hablaban el mismo idioma. Era como si no fuera una misma mujer, como si estuviera dividida, como si estuviera rota.

Orgasmos fingidos

De esta manera, Raquel aprendió a tener relaciones sexuales sin alcanzar el clímax, porque por más que intentaba perder el control y entregarse al placer, no lo lograba. Decidió dejar de pelear con ella misma y aceptar su realidad, lo que la convirtió en una verdadera maestra para fingir orgasmos. Para su fortuna, ninguno de los hombres con los que se acostó se dio cuenta. En la cama lubricaba, su piel se erizaba y lo demás era una actuación perfecta: los movimientos de cadera, las contracciones vaginales y los gemidos que acompañaban el supuesto extasis. Claro que esto nadie lo sabía, en las reuniones con sus amigas en las que platicaban de sexo, ella se mostraba como la de mayor experiencia y hablaba de los multiorgasmos que alcanzaba. Como dicen por ahí: "Dime de qué presumes y te diré de qué careces". No era algo fácil de confesarle a nadie, así que guardó la anorgasmia como su secreto y con esta a cuestas se enganchó con Mateo.

Mateo era un hombre nueve años mayor, soltero, trabajador y muy atractivo. Por su carácter medido y poco expresivo imaginó que sería el compañero ideal, porque, por su edad, ya había pasado por la época de relaciones intensas y alocadas. Y no se equivocó, al año de relación le pidió matrimonio y ella aceptó feliz. Si bien, de alguna manera, lo había elegido más con la cabeza que con el corazón, él terminó ganando y ella se enamoró. Sin que la pasión y la energía sexual la abrazaran.

—Era un amor más maduro —aseguró Esther, quien descansó al saber que alguien le daría a su hija la estabilidad que ella le deseaba.

Mi madre tenía muy claro que no podía, ni quería, depender de él económicamente, había visto cómo Esther, al hacerlo de su padre Darío, había limitado su libertad; ella se resistía a pasar por lo mismo. Sabiendo que su madre había sido enfermera en un penal, le llamó la atención conocer la vida de los criminales, y por ello, a pesar de la oposición de Esther, se convirtió en abogada penalista. Actividad en la que se destacó de inmediato y empezó a tener gran éxito. Y cómo no tenerlo, si toda su energía creativa encontraba salida en esta carrera; compensaba con logros profesionales la insatisfacción sexual que vivía en su cama.

Dicen que "el orgasmo es de quien lo trabaja", que no dependes del otro para sentirlo. El problema con mi mamá radicaba en que, al haber sido reprimida por su propia madre en sus primeros despertares sexuales, ella no había aprendido a autosatisfacerse y, por tanto, no sabía cómo conducir a su pareja para que le diera placer, asunto que se agravó cuando descubrió que Mateo era un pésimo amante. Él había tenido novias anteriores, pero ninguna de ellas le dijo lo malo que era en la cama. Siempre acariciaba el cuerpo de la mujer de la misma manera: en promedio diez minutos, porque él ya estaba listo. Penetraba, siempre en la posición de misionero, y minutos después se venía. Si a su pareja le alcanzaba con eso, qué bien, porque solo un par de veces se dio el tiempo de preguntarle a mi madre si con esos estímulos le era suficiente, pero como ella nunca le pidió más, ni se quejó y siempre le fingió, él estaba convencido de que era el mejor amante de la historia.

Al callar, mi madre cometió un error que la condujo a una vida íntima insatisfactoria, aunque todo lo demás en la relación funcionara bien y entre ellos hubiera amor. "No se puede tener todo", meditó. Lo peor es que no solo lo pensó, sino que también se resignó a ello.

Raquel estaba segura de que había logrado romper el molde de las mujeres de la familia y que ella, a diferencia de Esther, Yaya y Emilia, sí había tenido la inteligencia de crear un hogar, con los sinsabores y alegrías normales. Este se sostendría en el tiempo porque había elegido a un hombre con el cual mantener una relación estable y armónica.

Finalmente, pensó que el sexo no era tan importante en una relación: la comunicación, la empatía, la comprensión, la lealtad, el proyecto de vida, los valores también lo eran. Solo que todo esto también se puede tener con tu mejor amigo o amiga. Una relación de pareja plena requiere de intimidad, de sexo, de placer. Lo que sucede en la cama es el fiel retrato de la relación. Y en su cama no había pasión ni entrega plena. El "casi alcanzo un orgasmo" se convirtió en su noche a noche, y aunque muchas veces estuvo a punto de confesarle a su marido lo que ocurría, prefirió guardar silencio.

Y aunque Raquel ya había aceptado que su vida fuese así, y parecía no necesitar más, en el fondo no olvidaba que había un vacío en ella, que le impedía sentirse una mujer completa. Una mentira dicha un día quizá no tenga consecuencias, pero cuando esta se vuelve una constante, se forma una bola de nieve difícil de sostener.

Ya llevaban tres años de relación y si todo lo demás funcionaba para qué decirle: "Amor, yo no siento nada al hacerlo contigo", era más fácil quedarse escindida y refugiarse en su trabajo. Su profesión se fue convirtiendo en su refugio, en su prioridad, en una especie de amante que cubría sus huecos emocionales. Liberar a sus clientes le daba la adrenalina y el gozo que necesitaba ante una vida que iba cayendo en picada, en la rutina y el aburrimiento.

Pero pareciera que la tentación olfatea a las mujeres insatisfechas, y esta pronto iba a adueñarse de la vida de mi madre, con el regreso de Javier Iñiguez. El muchacho aquel había sido el único hombre que había despertado su piel y ahora aparecía para ponerla frente a una encrucijada que le cambiaría la vida para siempre.

La maldición

Dicen que las lunas de octubre son las más hermosas, y justo en la luna llena Raquel llegó a su casa con mucha vida en el cuerpo por haber ganado un caso muy complicado y difícil, sin imaginar la sorpresa que la vida le tenía deparada.

Traía la adrenalina a flor de piel cuando al abrir la puerta y entrar a su hogar se tropezó con el escalón de la entrada y se salieron todas las cosas que contenía su bolsa. Aún en el piso, se sobó la rodilla y empezó a recoger sus pertenencias. Creyó que ya las había guardado todas cuando percibió que algo brillaba debajo de la mesa central de la entrada. Era una pluma fuente con la que siempre firmaba todos sus casos. Al tratar de recogerla, sintió la presencia de un hombre desconocido que alcanzó a agarrar la pluma antes que ella y se la dio. Al igual que aquella noche en que Yaya y Patricio se conectaron debajo de una mesa, ella ahora al tomarla y rozar levemente las manos de ese hombre sintió una descarga eléctrica que la desconcertó. Nerviosa le agradeció y al alzar la mirada y verlo quedó impávida.

—¿Javier?

Él también se sorprendió al verla.

—¿Raquel? Wow, sigues igual de hermosa —dijo sonriendo sin pensar.

Con familiaridad tocó su rodilla al ver que un hilo de sangre salía de ella.

—¿Te duele?

—No, es un pequeño raspón.

Ese segundo contacto hizo que Raquel de inmediato conectara con aquella adolescente a la que años atrás ese hombre había encendido. Ante la presencia de Javier, sus pechos se irguieron de manera natural, como cuando las aves reaccionan instintivamente y desean aparearse, se tocó el pelo y ladeó la cabeza. Su cuerpo estaba reaccionando sin que ella pudiera tener ningún control, como le sucedió aquella primera vez que se quedaron solos en casa de Esther. Él la ayudó a pararse y ese tercer contacto disparó el deseo.

—¿Cómo diste conmigo? —lo cuestionó nerviosa.

—No sabía que vivías aquí —dijo sincero Javier.

—Y entonces, ¿qué haces en mi casa? —le preguntó desconcertada mi madre.

Detrás de ella apareció Mateo con un par de tequilas.

—¿Cómo? ¿Ustedes se conocen? —dijo amigable.

Raquel por un segundo pudo recrear en su mente con lujo de detalle qué tan bien se conocían y logró rescatar de su memoria el reflejo del espejo en el que, como adolescentes, ambos recorrían sus cuerpos. A su marido solo le contestó con pocas palabras, mientras con Javier intercambiaba una mirada de complicidad.

—Sí, estudiamos en la misma escuela.

Javier remató:

—Yo iba unos años arriba y desde entonces no nos habíamos vuelto a ver.

Mateo le explicó a mi madre que Javier se había incorporado como ingeniero automotriz a su empresa y que a partir de ahora colaboraría con él. De reojo podía sentir cómo la observaba Javier y cómo esto provocaba una sensación especial en ella. Raquel lo felicitó por su nuevo puesto y los dejó celebrar juntos. Javier alcanzó a decirle que le daba mucho gusto volver a encontrarla y saber que estaba tan bien. Ella deseaba quedarse y preguntarle qué había hecho de su vida, pero no lo hizo, estaba demasiado desconcertada con su presencia y tuvo miedo de que ambos se dieran cuenta de su nerviosismo. Así que se despidió pretextando que tenía que preparar un caso. Al acercarse a él y darle un ligero abrazo y un beso en la mejilla, sintió que se le iba el aire y que su corazón se aceleraba. Raquel abrevió el momento y se fue. El trayecto hacia su cuarto se le hizo una eternidad, le urgía llegar a su habitación. En cuanto entró, se fue al baño, necesitaba darse una ducha de agua fría, para templar su cuerpo y quitárselo de la mente. Estaba muy turbada por lo que había vuelto a sentir. Era química pura.

Dicen que el cuerpo tiene memoria y el simple olor de ese hombre la hizo recrear cada sensación vivida a su lado, cada caricia con la que recorrió su piel y cada beso que le dio. Era una locura llena de sensaciones.

A pesar del shock, no solo de verlo, sino de lo que su presencia motivó en ella, Raquel creyó que su reacción solo se debía a la sorpresa del reencuentro y que todo quedaría en ese breve momento compartido, pero la fascinación que él despertó en ella tenía la misma naturaleza que la que sintió Esther por Guillermo, Yaya por Patricio y Emilia por Ramiro. Parecía una jugarreta del destino, una perversa maldición, en la que todas las mujeres de su clan eran tentadas por la prohibición.

Para desgracia de Raquel, esa noche Mateo quiso hacer el amor, tenían semanas sin estar juntos. Durante el acto sexual la imagen de Javier se hizo presente y, aunque quien la besaba y la tocaba era su marido, podía advertir el olor y los labios carnosos de ese hombre, con el que por lo visto tenía una historia inconclusa. Lo imaginaba recorriendo cada centímetro de su piel, podía percibir la sensación de sus brazos conteniéndola y de sus manos firmes viajando de arriba a abajo de su cuerpo. La excitación era real. Y su vagina comenzó a danzar libremente. Era como si solo ellos dos estuvieran en la cama. Cuando Mateo terminó y se dejó caer a su lado, Raquel no podía creer que Javier no estuviera ahí. Ese hombre la había estimulado tanto con su presencia que su mente lo recreó para darle una pincelada del placer que entre ellos emanaba. Raquel no pudo conciliar el sueño tratando de asimilar las fantasías que para su sorpresa Javier le había provocado.

Mi madre ya se había acostumbrado a vivir desconectada, pero ese breve encuentro con Javier despertó lo que llevaba años en letargo. Raquel pudo comprobar que no había nada malo en ella y que su piel solo había estado dormida, porque bastó coincidir con quien por primera vez se había sentido mujer para reconectar con su esencia sexual; pudo confirmar así que las mujeres éramos tan físicas e instintivas como los hombres, que nuestra parte animal estaba tan viva como la de ellos. Solo que a estos se les había permitido, a través de siglos, explorarla sin tapujos, ni limitaciones, mientras que a las mujeres se les había reprimido o nulificado por distintas causas: religiosas, sociales, creencias patriarcales o miedos heredados, entre otras.

Esta sensación del despertar de su ser sexual era tan avasalladora y nueva para Raquel que no sabía qué hacer con ella. Todos, incluso Mateo, le dijeron que se veía diferente. Su Afrodita andaba despierta y se notaba. Su mirada y su caminar se percibían distintos. Sin poder decírselo a nadie, intentó reprimir este nuevo impulso, finalmente ya estaba acostumbrada a hacerlo. Desde esa noche, Raquel trató de saturarse de casos para no pensar, para no sentir, para no imaginar, pero el fuego encendido no era fácil de contener y mucho menos de apagar. Incluso en los juzgados, a la mitad de los juicios que litigaba, su creatividad despierta desde la infancia cobró fuerza de nuevo y la llevó constantemente a fantasear con ese hombre, con el que, aun sin tocarla, ya engañaba a su marido.

Esther había tratado de acallar su instinto, pero ni aquellos cinturonazos al descubrirla fajando con Javier, ni las prohibiciones repetidas por su madre, ni las constantes advertencias de que no permitiera que una pasión la poseyera, habían podido evitar que la tentación se presentara ante ella encarnada en el mismo hombre por el que su madre la había "castrado". Era una sensación deliciosamente inquietante, pero a la vez tan desconcertante que no tenía paz ni tregua.

Pensó en buscarlo, podría localizarlo con facilidad en la empresa de su marido, pero si él no lo había hecho quizá significaba que para Javier lo ocurrido en su adolescencia no le era significativo, así que prefirió no hacerlo y solo seguir recreándolo en su imaginación.

Debido a su trabajo en el mundo automotriz Mateo tenía que viajar frecuentemente. Estaban por festejar un nuevo aniversario y, aprovechando una convención, la invitó a acompañarlo, para después quedarse unos días en la playa. Por los casos que Raquel estaba disputando no pudo aceptarlo y en el fondo tampoco se le antojaba tener que fingir en la cama. Cuando él le dio un beso ligero y salió de la casa, ella pensó en aquella vez que vio irse de su hogar a su padre Darío, y se descubrió con la misma cara de paz y el mismo deseo de quedarse sola y libre que había visto en su madre durante esa época.

Ese reencuentro fugaz con Javier había sido un espejo que con mucha claridad vino a mostrarle el vacío que con su matrimonio estaba viviendo. En el fondo ella ya lo sabía, pero como a veces hacemos ante nuestra lastimosa realidad, no había querido enfrentar la verdad y había preferido maquillarla. La presencia de Javier, aunque no volviera a verlo, la llevó a cuestionarse qué era lo que sentía por su esposo y la hizo consciente de que desde el día en que su exnovio apareció la relación con Mateo cada vez le era más difícil de sostener. Tener que fingir en la intimidad se había convertido en un verdadero suplicio y empezó a sentir la necesidad de ser libre. Pensó que tal vez se había equivocado al casarse con un hombre con el que nunca había surgido la pasión. Quizá se había dejado llevar por la idea de la familia feliz que tanto añoró tener cuando era una niña, o posiblemente fue el miedo heredado de su madre que la hizo equivocarse al elegir al que parecía ser el compañero perfecto para ella.

La confusión se apoderó de Raquel, sin lugar a dudas, Javier había venido de forma violenta a enfrentarla a su insatisfacción y al deseo indomable de liberar a su Venus, que ansiaba cobrar vida de nuevo, aunque tuviera que hacerlo a través de un placer oculto.

Y al igual que cuando era niña, lo que no podía vivir en la realidad lo activó en su mundo de fantasía. Con tan solo cerrar los ojos logró imaginarlo recorriendo su piel y con su lengua degustar todos sus sabores; pudo sentirlo tomándola en las sesenta y cuatro posiciones del Kamasutra, y lo recreó erotizando todos sus sentidos. Las experiencias eran tan vívidas que en muchos momentos perdió la noción del tiempo y del espacio; aunque seguía sin lograr un orgasmo, llegó a dudar si lo creado era real o producto de su ingeniosa mente. Se estaba volviendo loca literalmente y no sabía cómo frenarlo. Dicen que lo reprimido tarde o temprano sale a la superficie, y las emociones aprisionadas por tanto tiempo decidieron encender su piel y florecer. Ahora tenía dos opciones: seguir por el camino trazado o romper con lo establecido. Platicando con su mejor amiga se planteó dos escenarios: el primero, darse un tiempo razonable para saber si lo que estaba experimentando le permitía seguir su relación con Mateo; o el segundo, si era mejor ponerle fin a su matrimonio.

Pero como las mujeres de su linaje ya habían sido testigos, en esta vida siempre hay un "plan" y un "no plan", y ella estaba a punto de vivir el "no plan".

Mateo fue invitado a dar un seminario por dos semanas y Raquel, deseosa por volver a disfrutar de su libertad, lo motivó a aceptar. "Tiempo suficiente para poder tomar una decisión", pensó.

Su esposo la había estado sintiendo extraña, distante, sin el deseo de volver a tener intimidad con él, ya llevaban un par de meses sin compartir la cama y, aunque ella justificó que era por la carga de trabajo, Mateo percibía que había alguna otra razón, tenía un andar femenino distinto, pero por más que le preguntó, ella evadió. Se negó a confesarle la verdad, aún no estaba lista. No encontraba la manera de explicarle el deseo incontrolable que sentía por otro hombre, ni las muchas veces que en su mente ya había hecho el amor con Javier, el empleado que trabajaba bajo su mando.

En cuanto Mateo tomó su maleta y partió, a pesar de que tenía que revisar un caso muy importante que defendería en los tribunales al día siguiente, Raquel abrió una botella, subió a su cuarto, preparó la tina, le puso sales, prendió un par de velas, echó unos pétalos de rosas rojas, apagó la luz, se quitó la ropa y se sumergió en el agua tibia. Tomó un poco de vino tinto, lo paladeó, tocó sus labios con sus dedos e imaginando la boca de Javier los besó, después siguió hacia su mano, el brazo, el hombro. Dejó la copa a un lado, echó la cabeza hacia atrás y comenzó a danzar con sus manos sobre su cuerpo con la imagen de ese hombre en su mente.

El agua empezaba a enfriarse, pero no su cuerpo, era como si un deseo insaciable la poseyera y en ese momento anheló que la fantasía se hiciera realidad, deseaba saber lo que era un orgasmo; ella ignoraba el camino para lograrlo, pero estaba segura de que él sí lo conocía. Como bien decía Esther: "Cuídate de lo que deseas porque se te puede cumplir". Tocaron el timbre y, como nadie atendía, repiqueteó con insistencia. Un poco molesta porque alguien la sacaba de su mundo imaginario, Raquel salió de la tina, se puso una bata, se dirigió a la puerta y abrió.

Era una noche lluviosa, Javier apareció y con su olor a hombre viril despertó de nuevo sus sentidos. Raquel, aún con las gotas de agua recorriendo su cuerpo, sintió que un calor abrumador la invadía. Javier, sabiendo que Mateo saldría de viaje, había decidido ir a buscarla, so pretexto de dejarle unos documentos a su marido. Mi madre no lo podía creer, la tentación estaba frente a ella.

Javier la recorrió con la mirada, la bata entreabierta le permitía ver sus pechos firmes. No era necesario tocarse para sentirse, el aire estaba lleno de caricias contenidas y de besos pendientes. En su expresión pudo descubrir sus ansias de placer y sonrió, al ver que él también la deseaba. La tensión sexual entre ambos era brutal. En su afán por vivir entre dos mundos, Raquel cerró los ojos un instante y lo imaginó arrancándole la bata, tomándola y depositándola en el sillón de la sala para juntos tocar las estrellas. Sabía que de ella dependía que la ilusión dejara de serlo. Pudo ver en sus ojos que con una simple sugerencia él respondería.

Hizo consciente que ser infiel en el mundo real era una decisión, porque siempre existen unos segundos previos para optar por no serlo, pero ella ya lo había decidido, no quería retrasar más su reencuentro y abrió los ojos con el firme propósito de dar el primer paso.

Amores distintos

Sin embargo, el destino no jugó a su favor y, cuando Raquel estaba a punto de mandarle la señal a Javier de que estaba dispuesta, la voz de Mateo la arrancó de su ensueño. De última hora, por mal tiempo, su vuelo había sido pospuesto para el día siguiente y había regresado al lado de su esposa en el momento más inoportuno. Raquel no sabía qué hacer con su deseo, no sabía cómo apagar las llamas que la consumían, no sabía cómo apaciguar su anhelo.

Javier fingió no estar al tanto del viaje de Mateo. Le entregó los documentos que llevaba. Se despidió de inmediato, se cubrió discreto con las manos para prevenir que su jefe se diera cuenta de que su cuerpo había despertado ante la presencia de su esposa, y se fue. Mateo, sin saberlo, aprovechó la humedad que el otro había provocado en Raquel y le hizo el amor.

Él no hizo nada diferente, pero el terreno estaba fértil. El fuego la poseía y sin imaginarlo, mi madre tuvo el primer orgasmo con su marido, o no sé si debería de decir que con Javier, a quien a la distancia y a ojos cerrados, se había entregado en ese momento. Esa noche, al igual que Esther, Yaya y Emilia, el deseo por otro hombre la había hecho vibrar, y casi de inmediato la culpa se instaló en ella al ver a Mateo plácidamente descansando a su lado; solo alcanzó a murmurar: "Confieso que he pecado", con una voz que parecía el eco de lo sentido por las mujeres de su clan. Ella era católica, mas no practicante, pero llevaba tatuada en su interior la sensación de habitar el pecado, y simplemente su alma lo manifestó.

Mientras su marido dormía, Raquel se levantó de la cama y salió al balcón de su cuarto. Le urgía respirar aire fresco, borrar de su mente a Javier para siempre y eliminar la sensación de deslealtad que le impedía celebrar el haber alcanzado su primer orgasmo. En eso estaba cuando los faros de un coche se prendieron y apagaron, era su exnovio, quien desde la calle y a través de la ventana había sido testigo de las sombras que los cuerpos de Raquel y Mateo proyectaron al unirse. El corazón de mi madre se aceleró.

La tentación se hizo presente y hubiera podido no hacerle caso al llamado de ese placer oculto, pero el patrón de la repetición en un linaje es tan fuerte que, en ese momento, nada ni nadie hubiera podido evitar que saliera a encontrarse con ese hombre al que decidió aferrarse para llenar el vacío que sentía con su marido.

No hubo necesidad de palabras. Las caricias cobraron vida, los besos no dados inundaron su presente y sus cuerpos se fundieron en un éxtasis que despertó e hizo entrelazar sus kundalinis. Javier reclinó el asiento del conductor y la montó en él, los dos estaban frente a frente. Ella arriba de él se movía sin cesar al ritmo de la música que escuchaban, lo que elevaba su excitación. Él empezó a besar sus pechos mientras desabrochaba su vestido y le quitaba el sostén. Acarició su espalda y sus nalgas encendiendo cada centímetro de su piel. Después la recostó sobre el asiento lateral y se perdió en su sexo para tomar de su brebaje. Raquel no podía contenerse y comenzó a recorrer varias cumbres bañadas por el deseo. Javier brincó con ella al asiento de atrás y, poniéndola de espaldas a él, la hizo suya mientras una de sus manos se prendía de sus senos y con otra acariciaba su entrepierna. Mi madre jamás imaginó encarnar a la diosa del placer de esa manera y entregarse al gozo absoluto visitando universos jamás descubiertos e hizo de los orgasmos un paraíso en el cual deseaba permanecer.

Después los cubrió el silencio. Ese silencio que sabe a unicidad, a intimidad, a plenitud. Se miraron por horas y, por primera vez, ella se sintió vista desde lo más profundo de su ser. Nunca nadie la había mirado como Javier y eso le dejó una honda huella. No hubo necesidad de justificar nada ni de hacer promesas, ellos habían descubierto juntos un lenguaje más poderoso.

Porque el amor tiene distintos matices y tiempos. No todos los amores son eternos, eso es una falacia, su importancia no depende del tiempo, sino de la impronta que dejan en el corazón. Porque hay amores que duran tan solo una mirada y otros que conllevan miles de encuentros. Así que, qué más da cuánto duren, mientras se tenga la fortuna de vivirlos, y lo cierto era que ni todos los hombres provocan ese vibrar ni todas las mujeres logran sentirlo. Y por fortuna o por maldición, las mujeres de este linaje habían experimentado este arrebato carnal, a veces vestido de amor, a veces de pasión, a veces de los dos. Estos amores ocultos las llevaban a la gloria, pero también despertaban en ellas creencias ancestrales de culpa, desaprobación o una sensación de pecado, por lo que en muchas ocasiones eran castigadas, a veces por otros o a veces por ellas mismas, pero siempre había una consecuencia que pagar. Y el amor que acababa de vivir mi madre no sería la excepción.

Raquel tenía que regresar a la cama en la que la esperaba su marido, aunque en ese instante hubiera preferido perderse con Javier en el paraíso recién descubierto. Al llegar a su cuarto, se paró en la ventana y desde ahí lo vio irse, sin saber si ese hombre que la había conectado de nuevo con el placer seguiría siendo parte de su vida o si con ese encuentro se cerraba el círculo que habían dejado abierto. Con la incertidumbre a cuestas prefirió irse a la sala y se sirvió un tequila, necesitaba asentar las emociones. Por un lado, percibía una infinita alegría al sentirse una mujer completa, pero, por otro, advertía un gran dolor por haberle sido infiel a su esposo, al haberse entregado a un placer oculto.

¡Vaya sorpresa!

Raquel decidió guardar esa entrega clandestina como su mayor secreto. No había hecho planes de volver a reunirse con Javier, pero el encuentro amoroso compartido con él le había movido la existencia y su corazón le exigía tener mayor claridad respecto al futuro que deseaba con Mateo. Sabía que ya no podía seguir evadiendo su realidad, pero no encontraba la forma ni la ocasión ideal para hacerlo. Lo cierto es que para algo tan confrontativo nunca existe el momento perfecto, y, en muchas ocasiones cuando no nos atrevemos a enfrentar la disyuntiva que la vida nos ofrece, esta nos obliga a hacerlo; Raquel ya no tenía escapatoria. Había llegado el momento de optar por cuál sendero transitar, porque justo aquella noche loca en la que mi madre tuvo relaciones sexuales con dos hombres, mi alma decidió encarnar entre un sinfín de orgasmos, sin saber quién junto con ella me había dado la vida. ¿Que si fui producto del amor? Yo diría que sí. De un amor lindo y tranquilo como el que Mateo sentía por mi madre, o quizá de un amor intenso y prohibido como el de Javier, pero amor, al fin y al cabo.

Y así una mañana empecé a manifestarme. Mi madre comenzó a experimentar mareos y náuseas. Con el corazón latiendo a tope llegó a una farmacia y compró cinco pruebas de embarazo, sabía que sí existía la posibilidad de estar preñada. Con el caos de esa noche no cayó en cuenta de que estaba ovulando y por cómo se habían dado los encuentros amorosos no se había cuidado como debía. Pidiéndole a Dios no estar gestando, se hizo una prueba y luego otra, y otra, y otra, y otra. Su cara se iba paralizando al ir ratificando que yo ya existía. Su mundo interno convulsionó. No tenía ni la más remota idea de quién de los dos hombres con los que había hecho el amor era mi padre. La angustia la hizo presa, pero respiró profundó, cerró los ojos y me imaginó dentro de ella. Pudo verme siendo aún muy pequeñita, dentro de una bolsa, nadando libremente en el líquido amniótico, pero ligada a ella con un cordón que fantaseó llegaba directo a su corazón. En ese segundo se hizo consciente de que teníamos la misma esencia, la misma sangre, un mismo linaje, y vino la aceptación.

Ante esta nueva realidad Raquel no podía seguir sosteniendo una mentira, manteniendo un matrimonio basado en una infidelidad. A Mateo no le habló de las razones ni de lo ocurrido, solo de sus sentimientos. Se había dado cuenta de que no lo amaba como él a ella y le plantó una separación. Mateo se sorprendió, él no necesitaba nada más, estaba satisfecho con la relación y se resistió a ponerle fin. Al ver su actitud mi madre dudó de su decisión, sabía que ese matrimonio era funcional, que era una relación estable y armónica, y que si dejaba al lado la pasión que había descubierto podrían durar hasta que la muerte los separara. En contraste, estaba Javier, quien había vuelto a buscarla después de ese primer encuentro y representaba el otro lado de la moneda. Con su exnovio podría tener una relación sin compromiso bañada con la incertidumbre que genera la pasión, la magia del presente y la adrenalina que te mantiene a flor de piel. Javier permanecía soltero, amaba su libertad y no deseaba comprometerla. Mi madre estaba consciente de ello, porque justo su espíritu libre, bohemio y atrevido era lo que más le atraía y ella era incapaz de intentar atraparlo a través de un hijo.

Mateo y Javier combinados hubieran dado como resultado al hombre perfecto, pero para Raquel ellos representaban dos mundos difíciles de combinar y más cuando ella estaba embarazada. Por supuesto, Esther, al enterarse de la duda que mi madre tenía de continuar o no con su matrimonio, sin conocer sus verdaderas razones, le dijo que no se quedara sola, que estaba en el momento de mayor vulnerabilidad. Raquel no tenía la confianza para confesarle su pecado, así que prefirió tragárselo. Y sin dar más explicaciones, ni a ella ni a nadie, optó por concentrar toda su energía en el trabajo y en la espera de su futuro bebé. No era momento de tomar una decisión.

No sé si por convicción o por una especie de autocastigo decidió tenerme por medio de un parto psicoprofiláctico. La mayoría de las mujeres elegían anestesia epidural, pero ella quería sentir cada contracción, cada dolor, cada milímetro que su cadera fuera abriendo para hacer espacio para recibirme. Después de cinco horas y media de ardua labor de parto, llegué a esta vida.

Mi madre entró sola al quirófano, decidió no compartir con nadie ese momento. Cuando el doctor me puso sobre su pecho, y al saber que era una niña, juró darme las armas y las alas para tomar mi femineidad y sentirme orgullosa de ella.

Con el pasar de los días se dio cuenta de que tenía que salir de dudas y averiguar quién era mi verdadero padre antes de poder tomar cualquier decisión definitiva. Mateo continuaba en la casa, se había resistido a dejarla con la esperanza de que todo se tratara de una crisis matrimonial temporal y porque cada día se encariñaba más conmigo. A mi madre le fue fácil tomar el cabello de su cepillo y así tener acceso a su ADN. Después fue a las oficinas de su esposo y, sin que Javier se diera cuenta, robó una taza de café que estaba tomando y con ella también consiguió su ADN. Con ambas muestras en su poder, me llevó a un laboratorio. Ahí introdujeron un hisopo en mi boca, tallaron con él el interior de mis mejillas y lo pusieron en un frasco alargado que contenía un líquido transparente. Mi madre entregó el cabello de Mateo y la taza con la saliva de Javier. Ahora solo quedaba esperar.

Durante este periodo le fue muy difícil concentrarse en sus casos, todo el tiempo pensaba en lo que ocurriría en nuestra vida. Si mi padre era Mateo, no habría tantos cambios, aunque su mujer interior estaría muerta; si era Javier, se divorciaría, se convertiría en madre soltera, pero su mujer interior estaría viva. En ese momento, solo podía vislumbrar estos dos caminos.

Con dos posibilidades de relación, una hija en brazos y un resultado por conocer, Raquel decidió ir personalmente a recoger la prueba de paternidad, no quiso que se la mandaran y que alguien más pudiera leerla. Al llegar, le entregaron un sobre blanco cerrado. Sin abrirlo, salió, se sentó en la banca de un parque que estaba justo enfrente y se quedó viendo el horizonte, pensando en que saber la verdad marcaría su destino y el mío. Quién sabe cuánto tiempo trascurrió, pero cuando volvió a tener consciencia ya era de noche y unas gruesas gotas de lluvia caían en su rostro presagiando una tormenta. En ese instante un tercer camino emergió frente a ella. Respiró profundo, rompió el sobre y caminó con calma bajo la lluvia. Creyó que algún día me contaría su historia y que en ese instante yo decidiría si quería saber quién junto con ella me había dado la vida, por lo pronto me pondría como prioridad, quería que tuviera la figura paterna que me ofrecía mayor estabilidad y amor, y esa era la encarnada por Mateo. Él sería oficialmente mi padre, más allá de que en verdad lo fuera o no.

Con esta decisión tomada respecto a mí, ahora le tocaba a ella definir lo que quería para su futuro como mujer. Raquel necesitaba redefinirse, reconstruirse, retomarse y prefería hacerlo sin nadie a su lado. Se separó de Mateo y se alejó de Javier. Ambos intentaron disuadirla, pero no lo lograron en ese momento. Estaba totalmente convencida de que era mejor poner distancia con ambos y volver a enfocarse en la maternidad y en su profesión. Y eso fue lo que hizo.

Parecería que la historia de Raquel era diferente a las vividas por las mujeres de mi linaje, pero sus lealtades invisibles se mantenían firmes, aunque se manifestaran de modos distintos. El patrón de la repetición estaba activo. Raquel sin darse cuenta había optado por quedarse sola e insatisfecha al igual que su madre Esther y había decidido olvidarse de su energía sexual y anularse como mujer, como en su momento lo hicieron Emilia y Yaya. De manera inconsciente tomaba el mismo camino. Con mi llegada a este linaje se presentaba ante mí la posibilidad de construir una historia diferente y con ella ponerle fin a este karma familiar.

Pero ¿tendría yo la fuerza interna para hacerlo y me convertiría en la oveja negra de mi tribu que es capaz de crear su propio andar?

El linaje

Raquel, con la fe puesta en que yo sí pudiera integrarme y no viviera dividida como lo habían hecho las mujeres de mi linaje, se fue prácticamente al lado opuesto de como la había educado Esther. Mi madre conocía parte de los secretos familiares y, estando consciente de cómo la represión sexual la había marcado a ella y a todas las demás, intuitivamente creyó que gozar de mayor libertad era el mejor regalo que podía darme.

Desde el despertar de mis hormonas no existió ninguna experiencia que me limitara. A diferencia de la huella castrante que había marcado a mis mujeres, Raquel me permitió abrirme al mundo maravilloso de los placeres carnales de una manera natural y sin tabúes. Ella, a diferencia de mi abuela, tuvo la inteligencia emocional de hablarme de mi valor personal, del amor propio y de instruirme abiertamente sobre la vida sexual.

Me enseñó a respetar mi cuerpo, no porque fuera pecaminoso, sino porque era digno de amor y admiración, y por tanto me ofreció la opción de hacerlo diferente a mis antepasados al otorgarme la posibilidad de aceptarme y tomarme completa, sin tener que separar mi instinto de mis emociones. Así que de manera orgánica fui descubriendo mi sexualidad sin ningún prejuicio. Raquel cumplió con ciertos sacramentos de nuestra religión y luego me permitió un libre pensar. Me bautizó, me confirmó y me llevó a hacer la primera comunión, pero no existía la misa dominical ni las confesiones semanales, así que el concepto de pecado y la culpa no eran parte de mi realidad. Finalmente yo nací cuando la vida se vivía, en apariencia, muy distinta.

Me convertí en una mujer que aprendió a amarse, a quererse, a cuidarse. Hay quienes creen que cuando te amas y te apoderas de tu sexualidad te dejas ir con desenfreno, pero es todo lo contrario. Tu parte más instintiva se vuelve selectiva y no cualquiera visita tu templo sagrado. Cuando decidía dejar entrar a alguien en mi intimidad era en plena consciencia de mi ser, porque me habitaba el aire de la libertad y el gozo de lo femenino. Ver a una mujer tan segura, asustó a algunos y despertó en otros el viejo patrón ancestral del control. Incluso algunas de mis parejas me ofrecieron jaulas de oro para asegurar que me quedara con ellos, sin tomar en cuenta que no hay nada más hermoso que la entrega y el amor en consciencia y libertad, y que era justo eso lo que yo deseaba en una relación.

Estaba convencida de que no me establecería con nadie hasta que coincidiera con una pareja con quien pudiera construir un vínculo basado en estos principios, porque a diferencia de otras mujeres yo no tenía prisa por andar con alguien, amaba sentirme libre y tan dueña de mí. En pocas palabras: no tenía hambre de hombre. Una amiga afirma que cuando amamos desde nuestras carencias y necesidades aceptamos a cualquier "bicho" a nuestro lado; actuamos de la misma manera que cuando vamos con hambre al supermercado y terminamos comiéndonos hasta lo que nos hace daño. Pero ese no era mi caso, yo me sentía en pleno control de mi existencia, solo que la vida tiene su propio juego y estaba a punto de ponerme a prueba a través de la presencia de un hombre que me llevaría a romper mis límites, a olvidarme de mis convicciones y a enfrentar el escarnio público, quebrando mi alma, metiéndome en una cárcel interna y poniendo el deseo de morir frente a mí.

Escarnio público

Estaba trabajando en un nuevo proyecto, cuando en la pantalla de mi computadora apareció la invitación para una exposición de la cultura babilónica y sin alguna razón yo sentí un gran deseo de asistir. Empecé a recorrer los pasillos del museo y una figura acaparó mi atención. Con cierto magnetismo caminé hacia ella. Se trataba de la imagen de Ishtar, la diosa del amor, la belleza, la vida, la fertilidad y la sexualidad. Me pareció fascinante, era tan ella. Una deidad con los dos brazos abiertos, pechos firmes, caderas pronunciadas, alas y pies con dedos en forma de garras que se posaban sobre una especie de felino, protegida por dos búhos. Estaba absorta descubriéndola cuando un hombre se acercó a mí.

—¿Sabías que esta diosa está asociada a la sexualidad? —me preguntó.

—Acabo de descubrirlo —le contesté sin voltear, mientras podía sentir una energía masculina muy fuerte.

—Ishtar era la cortesana de los dioses y su nombre está ligado al de Esther.

No podía creer lo que escuchaba. Esa diosa sexual estaba asociada al nombre de mi propia abuela. ¿Acaso eso tendría un mensaje oculto para mí?

—¿Dijiste cortesana? ¿Y era una diosa? —pregunté intrigada.

—Sí, es una diosa babilónica muy diferente al concepto de las vírgenes de la religión católica, las cuales para conservar su divinidad deben mantenerse puras, santas, inocentes.

Giré y lo vi. Sus ojos negros me atraparon de inmediato, su olor me cautivó. Bien dicen que, en la química del amor, el olfato juega un papel vital, las parejas se eligen con base en sus aromas y en la forma en la que sus feromonas mandan el mensaje de disponibilidad y compatibilidad sexual, y las nuestras comenzaban a comunicarse.

El hombre continuó:

—Para esta diosa dar y recibir placer era sagrado y en ese juego hedónico radicaba su divinidad. Aunque también por eso, en otras culturas, fue severamente juzgada y catalogada como maligna.

—Como le ha sucedido a través de la historia a muchas mujeres que se han permitido ser dueñas de su sexualidad —dije de manera contundente.

Se me quedó viendo con cierta admiración por mi respuesta. Era un momento mágico del que salí ante su siguiente pregunta:

—¿Y tú, eres diosa o virgen?

No supe qué contestar. Solo lo miré, su cuestionamiento me había provocado una especie de torbellino interno. Al ver mi expresión, sonrió y terminamos riendo y recorriendo juntos la exposición.

Santiago era un importante empresario, acostumbrado al buen vivir y a obtener lo que deseaba. Yo estaba creando un nuevo proyecto como *showrunner* de una serie y con ese pretexto quedamos de volver a reunirnos. Él estaba buscando nuevas formas de inversión y le pareció muy atractivo sumarse a la generación de contenidos para una plataforma. Durante nuestro primer encuentro era muy difícil concentrarnos en el proyecto, la atracción que sentíamos uno por el otro se respiraba entre nosotros. Y como mi mejor amiga bromeaba al decir: "Cuando la química se apodera de ti: huye o entrégate al placer porque no hay manera de domar al animal que traemos dentro".

Pero no salí corriendo, no lo hice a tiempo. Disfrutaba tanto de estar a su lado que ingenuamente creí que podía mantener nuestra relación circunscrita en el ámbito de lo profesional y que podía sepultar las ganas locas que tenía de besarlo y de perderme en su cuerpo.

Conforme seguimos con los planes de llevar a cabo la producción de una nueva serie, tuvimos distintas reuniones, ninguno de los dos hablaba de nada personal, aunque no había nada más personal que el deseo que se iba gestando entre nosotros.

Era un placer pasar tiempo juntos, conmigo él podía mostrarse más allá de los roles de gran señor. Era un hombre conocido por su carácter fuerte y dominante. Temido por muchos, alabado por otros. Pero cuando estábamos juntos él simplemente se permitía divertirse, jugar, disfrutar, reír, gozar. Era como si nos conectáramos más allá de las máscaras impuestas, desde un lugar muy puro dentro de nosotros.

A pesar de la carga de trabajo que tenía, al ser el CEO de su corporativo empresarial, decidió involucrarse en cada etapa del proceso de producción, lo que hacía que tuviéramos que vernos de manera constante. Él desconocía este negocio y yo era su maestra, lo cual resultó muy gratificante. El señor que todo lo sabía me permitía mostrarle un mundo desconocido para él y entusiasmado se involucró en cada etapa del proceso. El primer paso era revisar la historia que íbamos a contar. Discutíamos horas acompañados de un buen vino sobre los giros de la trama y el arco dramático de los personajes. Una noche checando los guiones llegamos a la escena en la que si los protagonistas se dejaban arrastrar por la pasión, ya no tendrían punto de retorno y todo cambiaría en sus vidas. Conforme leíamos el guion nuestros cuerpos iban siendo poseídos por esos personajes y, justo cuando ellos tomaban la decisión de ir a contracorriente de lo que el mundo esperaba de ellos y se entregaban de manera total, Santiago dejó de leer, se me quedó viendo fijamente, se acercó y me besó. Era un beso que despertó todos mis sentidos, que inundó mi cuerpo de geometría sagrada y que borró de mi mente nuestras circunstancias. Sin más, me dejé ir e iniciamos una danza amorosa en la que lo único que importaba era la conexión profunda que sentíamos en ese momento.

Con habilidad se quitó la corbata, la amarró sobre mis ojos. En ese momento yo encarnaba el deseo y me abrazó el placer. Me tendió en el sillón. Fue desabrochando mi vestido. Yo quise participar, pero él me contuvo.

—Espera… tú solo recibe… estoy aquí para ti —me dijo al oído.

"Estoy aquí para ti", nunca antes nadie me había dicho algo así, era la invitación a abandonarme, a olvidarme de todo, a ser libre.

Después desabrochó mi sostén y me quitó la tanga. Estaba totalmente desnuda, solo con los tacones puestos y deseando que él siguiera recorriéndome. Comencé a sentir gotas heladas que caían sobre mi piel y que contrastaban con el calor extremo que yo emanaba. Santiago se había puesto un hielo en la boca y con él empezó a acariciar mi cuerpo.

Yo me arqueaba de gozo con cada gota helada que me recorría hasta llegar a mi sexo. Era una verdadera locura que me hacía gemir sin control. Después me quitó la venda de los ojos y me perdí en su mirada. Nuestra respiración era una sola, manteníamos un mismo ritmo. Se levantó y se desvistió frente a mí. Ver cómo se quitaba la ropa y descubrir su abdomen perfectamente marcado me hizo desearlo aún más. Era tan bello. Tomó su corbata y comenzó a acariciarme con ella, erotizando de nuevo mi piel. Me amarró las manos, y mientras con una mano las tomaba por arriba de mi cabeza y me mantenía inmovilizada, con la otra acariciaba mi pecho y me besaba. Sin poder controlar por más tiempo mi ímpetu me desaté y ahora yo le tapé los ojos y empecé a recorrer su cuerpo con mi boca para degustar sus sabores y descubrir sus texturas. Solo existíamos él y yo, el mundo se había extinguido. Santiago estaba firme, dispuesto a la entrega, y puse mi boca en su sexo y lo besé mientras lo acariciaba. Cuando estaba a punto de venirse paré y me monté sobre él. Se arrancó la corbata de los ojos, y mientras nuestras caderas bailaban al ritmo del pulso de la Tierra, nuestros cuerpos aceleraban los movimientos; juntos alcanzamos el éxtasis. No sé cuánto duró, pero visité el infinito.

Después nos dejamos caer en el sillón. Nuestros cuerpos y nuestra respiración poco a poco encontraron el equilibrio. Él con toda ternura me besó la cara hasta llegar a mis labios, me abrazó y acarició el pelo mientras me refugiaba en sus brazos.

El sol en nuestros rostros nos despertó. Al abrir los ojos y descubrirnos desnudos caímos en cuenta del gran paso que habíamos dado.

—¿Y ahora? —pregunté.

—Todo va a estar bien —me contestó sereno.

Fueron nuestras únicas palabras, ninguno de los dos quiso hablar más de lo ocurrido, ni visitar el futuro.

Un pequeño gran obstáculo

A partir de ese momento nada volvería a ser igual. La pasión nos había poseído y en cada encuentro se iba fortaleciendo y despertaba otros sentimientos. La intimidad creada no solo era física sino emocional, y no había paraíso en donde me encontrara mejor que en sus brazos, en donde a diferencia de mis otras relaciones me sentía totalmente libre y eso me hizo entregarme por completo a él.

Todo hubiera podido ser perfecto entre nosotros salvo que esta relación tenía un pequeño gran obstáculo. Santiago estaba casado y yo lo sabía. Desde que lo conocí, lo busqué en Google y vi todo lo que se había publicado sobre él en internet. Las ventajas de la tecnología. Y, a pesar de lo atractivo que era para mí, yo seguía pensando que podría manejar lo que me provocaba y que nuestro vínculo sería estrictamente laboral. Pero bien dicen que "el que juega con fuego, se quema", y yo, ilusa, pensé que no me quemaría. ¡Craso error! Esa noche, en la que hicimos por primera vez el amor, todo cambió, porque sí hicimos el amor, no solo cogimos. Sí, nos entregamos el corazón, no solo la piel. Sí, nos ofrendamos uno al otro, no solo fue un encuentro casual, y si eso ocurrió desde el inicio con los siguientes encuentros la magia nos envolvió y el deseo nos poseyó.

Obviamente lo nuestro no podía existir en la luz. Para mí no fue fácil aceptarlo, por primera vez me encontraba ante la disyuntiva de vivir o no un placer oculto, pero lo aceptaba o lo dejaba de ver, y eso dolía. Él me contó que su matrimonio había caído en la monotonía, y por ello su esposa y él habían decidido vivir en lugares distintos, manteniendo el vínculo legal. No tenían hijos, pero como en antaño, sus fortunas los unían y, por tanto, la palabra divorcio no rondaba su cabeza. ¿Qué tan diferente podría ser este matrimonio al convenido por Antón y Emilia, o por Braulio y Yaya, que se casaron para unir sus riquezas y apellidos? En ese entonces yo no imaginaba que ellas hubieran pasado por algo similar, para mí una relación amorosa debería estar basada en los sentimientos y en nada más, cuando se lo comenté a Santiago me tachó de ser una romántica, aunque en el fondo sabía que le hubiera gustado sentirse libre en ese momento para poder elegir una pareja.

Una parte mía me decía: "No lo creas, es el clásico hombre que habla mal de su matrimonio para no ofrecerte nada más", pero otra parte de mí lo sentía sincero. En las redes sociales no había mucho sobre su vida privada, salvo cuando esta tocaba lo social, y ahí su esposa y él daban la imagen de ser una pareja integrada y amorosa. Pero conocía muchos casos de amigos cercanos cuyas relaciones estaban a punto de colapsar y vistas a través de lo que subían en sus publicaciones lucían total perfección, así que confié en él y decidí darle crédito a su palabra.

Para mí no era fácil asumir la posición de "la otra", había siempre pregonado la importancia del amor propio y del merecimiento, pero el problema era que Santiago se había convertido en una especie de droga difícil de dejar. Con solo un mensaje corría a su encuentro, no quería desaprovechar la mínima posibilidad de verlo. Nada tenía más relevancia que hacer el amor con él. Nuestros cuerpos buscaban expresar lo que nuestro corazón no podía gritar a los cuatro vientos.

Aprendí a callar mi consciencia, sin darme cuenta comencé a traicionarme, me había jurado no caer jamás en una relación en la que yo tuviera que ocultarme, pero era tanto lo que Santiago me hacía sentir que enloquecí por él. A diferencia de los otros hombres que había conocido no quiso limitarme, meterme a una jaula o tratar de romper mis alas, pero la que sin darse cuenta empezó a hacerlo fui yo. Yo misma cancelé mi libertad, me ceñí a su vida y me metí a mi propia cárcel. Empecé a justificar ante todos mi decisión de no tener una "pareja", de dejar de socializar como lo hacía antes y de enfocar toda mi atención en el trabajo. A nadie le había hablado de Santiago, aunque el qué dirán poco me importaba, comencé a guardar esta relación como mi mayor secreto, debido a su estado civil no podía exponerla. Santiago era mi fuente de poder, mi inspiración, mi gran tesoro. Nada me hacía sentir más plena que saberme a su lado.

Todo fluía a la perfección, estábamos seguros de que ambos podíamos manejar la situación y que nada pondría en riesgo el paraíso terrenal que habíamos creado, pero como aquella sirvienta que traicionó a mi tatarabuela Emilia, alguien estaba a punto de develar nuestro secreto.

Era un martes por la mañana, sonó el despertador, me levanté entusiasmada, puse música, me metí a bañar y desayuné mientras pensaba que ese sería uno de los días más importantes en mi vida. En unas horas se definiría el futuro del proyecto que habíamos hecho juntos. Con el corazón latiendo de emoción, me dirigí a la oficina en la que lo presentaría sin imaginar que mi vida estaba a punto de dar un vuelco de ciento ochenta grados.

La junta era a las diez de la mañana en las oficinas del servicio de *streaming* más importante del momento, para mostrarles a los directivos el piloto de la serie. Ese primer capítulo que se muestra a los altos ejecutivos para enamorarlos de una historia y que así autoricen su producción y programen su salida al aire. En ese episodio Santiago y yo habíamos trabajado muchísimo, pensé que sería un día genial, ya me imaginaba celebrando juntos nuestro éxito. Pero para mi sorpresa, conforme caminaba por los pasillos rumbo a la oficina de la dirección general, podía sentir la mirada morbosa y burlona de quienes me veían. Comenzaron a llegar notificaciones a mi celular. La primera de mi abuela que a través de un mensaje me decía: "Mi vecina me acaba de enseñar el video, qué vergüenza, Camila". Otro mensaje de voz de mi madre:

"Hija, ¿estás bien? Llámame" y varios chats de amigos, todos mencionando un video. Con miedo y angustia entré a las redes y ahí estaba: yo era #ladybajamarido. Alguien había puesto una cámara en su despacho para grabarnos, exponiéndome a mí y a Santiago haciendo el amor. Su oficina se había convertido en nuestra guarida y so pretexto de estar haciendo la serie pasábamos días enteros encerrados ahí, creyendo que ese era el lugar más seguro y que lo nuestro jamás saldría a la luz.

No podía respirar, mi corazón se aceleró y en un segundo mi alma se quebró. Me sentí total y absolutamente vulnerada. Me quedaba claro que mi pecado era amar a un hombre que no había firmado un acta de divorcio, pero atentar en contra de mi intimidad exponiendo mi sexualidad con Santiago, ¡era una violación! ¿En verdad nuestra sociedad había cambiado o seguíamos rigiéndonos por las mismas reglas de antaño y por los mismos señalamientos públicos? No era un cura restregándome los pecados en la cara, sino toda una sociedad que a través de internet me creía la reencarnación de Eva, quien con la manzana de la tentación había hecho pecar a un hombre, porque aquí todo se trataba de mí. Quien subió el video lo había editado de tal forma que solo mostraba mi cara. Santiago quedaba por completo excluido. Y aunque en el video no había evidencia de que se trataba de él, el rumor de que de esa manera había conseguido gran parte de la inversión a mi proyecto corría por todos lados. Él era un empresario muy importante, y por ello en distintos programas y podcast se mencionó nuestra posible relación y el chisme se hizo viral. En ese instante, que era juzgada por mi conducta sexual, se anulaba mi trayectoria y los éxitos que había logrado durante más de ocho años de estar activa en el mundo del entretenimiento y de la generación de contenidos, y se ponía en entredicho mi talento y mi reputación. Mi vida íntima era más importante que todo lo que había construido hasta ese momento y debido al video expuesto se me señalaba como una mujer que no valía nada.

Santiago me buscó de inmediato, lo nuestro no solo era una aventura, habíamos logrado crear una verdadera intimidad, había amor de por medio, pero con la exposición pública era difícil defender lo que existía entre él y yo. Ambos acordamos darnos un poco de tiempo hasta que las aguas se calmaran, pero esto no sucedió. Parecía como si todos los demás no tuvieran una vida y necesitaran tomar la nuestra para darle significado a la suya, porque no había manera que dejaran de hablar de nosotros. Dicen que el amor que nace en la oscuridad es como las plantas de sombra, debe permanecer sin luz porque si las sacas a los rayos del sol se marchitan y se mueren, y la muerte parecía ser el futuro de nuestra relación. El caos creado por el video sexual se incrementó cuando su esposa salió a defender su reinado y, por supuesto, sus intereses bancarios. Ella declaró en sus redes que apoyaba incondicionalmente a su marido porque su relación estaba mejor que nunca y que era una mentira que Santiago fuera el que aparecía en el video acostándose conmigo. Al fin y al cabo no se veía su cara. Con esto él resultaba ileso, y los señalamientos y las críticas se dirigieron hacia mí.

Yo me sentía totalmente rota. Se había expuesto lo más sagrado e íntimo de mi persona y todos se sentían con el derecho de juzgarme y de hacer conjeturas sobre mí. Incluso para los demás ya daba igual con quién me hubiera acostado, el tema era que yo estaba en la cama con un hombre y todos podían ser testigos de mis orgasmos, como si nadie más los hubiera experimentado, como si copular no fuera de lo más natural, como si hubiera cometido el peor pecado carnal al hacer el amor.

Ante la presión social y la de su aún esposa, Santiago y yo decidimos dejar de vernos. Mónica lo amenazó con entablar una demanda si optaba por mí, lo que lo llevaría a perder gran parte de su riqueza. Ella podía soportar la infidelidad, pero no la afrenta ante toda la sociedad que viviría si su marido la dejaba por otra mujer. Por ello, al descubrir que lo nuestro cada día tomaba más fuerza y que su relación estaba en peligro, mandó poner una cámara en la oficina, grabó nuestros encuentros y armó el escándalo mediático para impedir que Santiago decidiera romper el acuerdo que existía entre ellos. A Mónica todavía le interesaba mantener su matrimonio y decidió pelear de esa manera, no por amor, sino por conveniencia.

Lo cierto es que a pesar de que la pasión y el amor aún seguían presentes entre nosotros, era mentira que el amor lo podía todo. En esta ocasión el dinero y las circunstancias pesaron más para él. Ante las acciones de su esposa, Santiago también tuvo la opción de asumir lo nuestro ante ella y ante el mundo entero, pero no lo hizo y no voy a justificarlo. Sus negocios fueron más importantes que lo que sentía por mí y su decisión fracturó en mil pedazos mi corazón.

Nuestras decisiones conforman nuestra vida y él optó por continuar con su camino trazado, aunque yo ya no estuviera a su lado. Finalmente, la vida es lo que se va construyendo después de cada opción que tomamos, después de cada encrucijada a la que nos enfrentamos, después de cada camino que elegimos. Santiago no tuvo el coraje para explorar el mundo que juntos podíamos crear, y así como para bailar tango se necesitan dos, en una relación se requieren dos voluntades, y solo estaba la mía. Él podía amarme mucho, pero amaba más su posición y su dinero. En pocas palabras, nuestra historia pudo haber sido, pero no fue.

Ante esta realidad, mi dolor se intensificó. Sentía cómo mi alma se contraía y cómo me desgarraba de dolor, y necesité "morirme un rato", aislarme, lamer mis heridas. El desamor había calado hasta mis huesos al igual que le sucedió a mi tatarabuela con el seminarista, a mi bisabuela con su cuñado, a mi abuela con el reo y a mi madre con su exnovio de la adolescencia. Los placeres ocultos vividos como un karma dentro mi clan nos habían llevado a todas a tocar la muerte interna al haber elegido a hombres que no podíamos amar en libertad.

El cuadro

Por supuesto, mi madre, mi padre y mis amigos cercanos estuvieron a mi lado, mi abuela Esther no pudo hacerlo. Salirme de sus expectativas y de las buenas costumbres le recordaba que ella en algún momento también lo había hecho y solo negaba con la cabeza cada que alguien le mencionaba mi amor prohibido, a pesar de que ella bien sabía lo que una pasión puede provocar.

Yo no tenía ánimo para nada, estaba viviendo un verdadero infierno. El video sexual contaba con miles y miles de visitas que incrementaban por hora, y como la gente no tenía la seguridad de que el hombre con el que hacía el amor fuera Santiago, trataba de confirmar su identidad. Y al no poder hacerlo, comenzaron a ligarme en lo sexual con hombres que ni siquiera conocía. Prácticamente se convirtió en un reto viral descubrir con quién me había acostado y de ser #ladybajamarido me convertí en #putamultiorgasmos. Por lo que mi cara y cuerpo desnudo andaban por doquier y me era muy difícil transitar en el mundo real. No podía prender la televisión, ver las redes sociales ni encender mi celular sin encontrar algo relacionado a "mi pecado". Sentía un dolor profundo al ver cómo me estaban arrancado mi identidad, mi trabajo, mi vida entera. Me sentía ultrajada.

Al verme sin ánimo de levantarme y pasando días enteros metida dentro de mi cama, mi madre fue a rescatarme. Me llevó a su casa y me ofreció su amor, sus abrazos y su sopa de letras. Me aislé de todos y de todo. Me envolví con el calor del seno materno y ahí me quedé lamiendo mis heridas y tratando de retomar mi fuerza.

Una tarde, mis padres salieron y me quedé sola en la casa. Me serví dos platones de sopa de letras bien caliente y me fui a la sala a ver una película. Comenzó a llover y después de un rayo que iluminó todo el lugar, cayó frente a mí un cuadro, que siempre fue parte de la decoración de la casa, pero que nunca había llamado mi atención. Eran cinco mujeres con el torso desnudo, que entre velos parecían danzar a un mismo ritmo. Al verlo me perdí en él y me sentí una de ellas. Me paré y lo tomé para volver a colgarlo, pero me di cuenta de que el marco se había roto. Lo giré para tratar de arreglarlo cuando me sorprendió descubrir detrás del lienzo una carta escrita en una bella letra manuscrita firmada por mi bisabuela.

Con curiosidad comencé a leerla:

Tengo el corazón desgarrado y la mente enloquecida. Estoy muerta en vida. Se apagó la luz de mi presente y no tengo paz. ¿Quién dice que las mujeres no podemos decidir nuestra propia historia? ¿Quién dice que tenemos que seguir los caminos definidos por otros? ¿Quién dice que hay un Dios que nos enjuicia y nos señala como pecadoras solo por permitirnos sentir y entregarnos al placer? Conocí el amor y la pasión en otra piel que no era la permitida, me atreví a vivir un placer oculto y ¿por eso merezco el castigo eterno? No, no lo acepto, me rebelo: el amor y el placer son un privilegio, no un sacrilegio. No pertenezco a estos tiempos, mi sed de libertad es mayor. No quiero ser una mujer de un solo hombre, ni recorrer los mismos senderos de otras mujeres. Deseo habitar mi propio universo y por eso hoy les digo adiós.

Yaya

Sus palabras cimbraron mi ser. Yaya había vivido prácticamente lo mismo que yo, pero casi cien años atrás. Ella en el siglo XX y yo en el XXI. Sin lugar a dudas, yo podía haber escrito esas mismas palabras, porque sentía el mismo dolor que ella. Esa era una especie de carta de despedida antes de suicidarse. Con lo que yo estaba atravesando tocaba el vacío y sentía el deseo de la muerte cerca. Podía identificarme con ella y entenderla a la perfección. Era como si las dos habitáramos la misma piel. Por un segundo salí al balcón de la casa y al sentir el viento sobre mi rostro acaricié la idea de aventarme y terminar con todo. Pero mi instinto de sobrevivencia tomó fuerza. Dentro de mí surgió un torbellino que me sacudió y me sacó de esos pensamientos autodestructivos. Respiré profundo, regresé a la sala, me senté en el sillón, tomé el cuadro y lo abracé. Era como si Yaya me tomara entre sus brazos y me susurra al oído: "No te des por vencida, tienes la fuerza para sostenerte, no le des el poder a nadie para juzgarte y decirte quién eres". Y, sin más, comencé a llorar sin poder contenerme.

En cuanto llegó mi mamá le pedí que nos sentáramos a platicar. Yo necesitaba conocer la historia de mis mujeres ancestrales. Cuando somos jóvenes poco nos importa voltear al pasado de nuestra familia, pero el pasado se había hecho presente. Traía la carga genética de estas mujeres recorriendo mis venas, y me hice consciente de que sus historias eran mis historias, porque todas pertenecíamos a una misma alma familiar.

Raquel tampoco sabía que detrás del cuadro mi bisabuela hubiera escrito estas palabras tan estremecedoras y poderosas. A ella le entregó esa pintura la hija de Tomasa, aquella cocinera tan leal que tuvieron mi tatarabuela y mi bisabuela. Logró localizarla cuando la vio en una entrevista que le hicieron sobre su vida después de ganar un caso muy importante, en la que mencionó que su madre había nacido en Valle del Ángel; de inmediato se dio cuenta de que mi abuela era la niña que tanto quería su madre Tomasa, quien el día del asalto de la hacienda logró entrar al estudio de Yaya y se llevó lo que pudo con la intención de perpetuar su memoria. Al recibir la obra, Raquel le llamó a Esther, pero era tanto el dolor de sus recuerdos, por las muchas veces que se había refugiado en ese cuadro después del suicidio de Yaya, que prefirió no volver a verlo, así que mi madre decidió quedárselo y lo colgó en su casa de inmediato. Ahí permaneció la obra de Yaya siendo testigo de nuestra historia hasta que decidió manifestarse y con ello convertirse en un espejo de mi propia historia. Curiosamente, la pintura se llamaba *El despertar de cinco mujeres*.

Así, ante dos copas de vino tinto, comenzamos a platicar. Quitándonos los trajes de madre e hija, nos dimos cuenta de que desde mi tatarabuela las mujeres de nuestro linaje habían optado por asumir públicamente el arquetipo de la virgen, a pesar de haber despertado a través de su energía venusina al gozo y placer. Ambas pudimos intuir, al reconstruir lo poco que sabíamos de sus historias, que todas después de pasar una crisis amorosa habían aprendido a reprimirse y se habían consagrado al deber ser que exigían las reglas establecidas, por lo que esta forma de existir divididas nos había sido transmitida de generación en generación. Cuando lo cierto era que todas las mujeres de mi linaje eran como U' Ixik Kab, Ishtar, Afrodita, Hathor, Rati, Freyja; eran unas diosas que se atrevieron a habitar su sexualidad en plenitud, a pesar de que al hacerlo cada una hubiera tenido que pagar un costo muy alto que marcó su vida. Incluyéndome a mí, que el escarnio público y mediático me habían acribillado.

Mi madre y yo nos hicimos conscientes de que de nada servía guardar estos secretos familiares, había que sacarlos a la luz para depurarlos. Había que quitarnos las máscaras de perfección porque el camino para sanar estaba en aceptar e integrar todo lo que éramos. Así que esa noche decidimos desnudar el alma y contarnos con lujo de detalle nuestra historia como dos mujeres que comparten, sin juicio, su luz y su sombra.

Al hablarme de su vida, Raquel rompió en llanto. Por un poco más de treinta años había callado su más grande secreto y tenía mucho miedo de mi reacción al conocerlo. Quizá si me lo hubiera confesado en otro momento la habría señalado y no habría tenido la madurez para entenderla como mujer, pero ahora yo me reconocía en ella y éramos un perfecto espejo, una para la otra.

Después de conocer la historia de "mis dos padres", mi madre me preguntó:

—¿Quieres saber quién es tu padre biológico? Mateo está a tu alcance y yo sé cómo encontrar a Javier.

—¿Volviste a verlo? —la cuestioné.

Raquel se dio unos segundos y contestó:

—Sí. Me alejé de él un tiempo, pero él insistió y en mí se hizo más fuerte el deseo. No tuve la solidez para contenerme, anhelaba volver a sentirme mujer y tuvimos algunos, bueno, siendo sincera, tuvimos varios encuentros.

—¿Te arrepientes de no haberte decidido por él?

—No la hubiéramos hecho, nuestra relación solo daba para vivir un placer oculto, y no me arrepiento de haber sido su amante, pero sé que tomé la mejor decisión al no quedarme a su lado.

—¿La mejor decisión para ti o para mí? —la cuestioné.

Solo se me quedó viendo. Era claro que Raquel, a pesar de lo que ese hombre le hacía sentir, renunció a él para darle prioridad al rol de madre que la habitaba y decidió abandonar la plenitud sexual que con él había descubierto. Por mi parte, yo solo deseaba encontrar la forma de volver a reconstruirme, estaba demasiado rota y no necesitaba en ese momento saber quién me había dado la vida, así que se lo hice saber, me acerqué a ella y nos fundimos en un fuerte abrazo.

Finalmente, no se trataba de señalar o juzgar las infidelidades que habíamos vivido. Hay quienes afirman que los seres humanos no somos fieles por naturaleza, sino solo por consciencia, cuando nos comprometemos y decidimos serlo. Pero, en mi linaje, las mujeres habíamos optado por darle más voz a nuestros instintos a pesar de las dolorosas consecuencias y de las heridas profundas que nos llevaron a la soledad, al abandono e incluso a la muerte.

Y, en mi caso, la idea de la muerte comenzó a visitar mi día a día. Empecé a imaginar lo que sería mi realidad sin mí y sentí que esa podía ser la llave de salida de mi propio laberinto, al igual que lo había sentido Yaya. No obstante, la chispa divina que había dentro de mí no estaba dispuesta a extinguirse y me reclamaba honrar su brillo.

Polvo de estrellas

Así que a pesar de mi alma rota yo tenía que aferrarme a la fuerza de mi espíritu para salir adelante. No fue fácil, pero era el único camino para mantenerme en la vida. Me levanté de la cama, acaricié mis heridas con amor, regresé a mi departamento y salí de nuevo al mundo. Dicen que el tiempo lo cura todo, pero es más bien la compasión lo que nos sana.

Mi proyecto era muy bueno, decidí retomarlo y regresé a presentarlo. Mi serie fue autorizada y programada para su exhibición, pero el daño a mi persona quedó como una marca, y con solo poner mi nombre en internet aparecían mil calificativos que enjuiciaban mi sexualidad. Yo era tachada con todas las palabras posibles que se utilizan para denigrar a una mujer: puta, ramera, buscona, furcia, zorra, lamepitos, golfa, cualquiera, comehuevos, prostituta, perra y un largo etcétera. Qué similar resultaba mi "huella digital" al juicio que la sociedad y que la Iglesia habían hecho de mis mujeres durante siglos. Tal parecía que las palabras dichas por el padre David a mi bisabuela eran una especie de profecía heredada, porque para todos los que me señalaban yo también traía en la sangre lo "pecadora".

Pero, por si esta crisis no fuera suficiente para sacudirme desde lo más profundo de mi ser, la vida me tenía deparado un cambio radical. Había estado tan involucrada en el escándalo mediático que dejé de hacerle caso a mi cuerpo. No me había dado cuenta de que tenía tres meses de retraso. Entré a la app en la que llevaba mis registros y comprobé que mi ciclo menstrual no se había presentado. Llamé de inmediato a mi ginecóloga, no tenía caso hacer prueba casera. Estaba embarazada o el estrés de la situación vivida había provocado un desajuste hormonal. Llegué al consultorio, prendió la máquina del ultrasonido y *voilà*, había vida dentro de mí. Un pequeño corazón latía anunciando la presencia de un nuevo ser. No esperaba estar embarazada. Me quedé helada. No podía entender por qué justo ahora llegaba bajo estas circunstancias, por qué como producto de una relación tan confrontativa y por qué bajo el estrés máximo que había enfrentado. En definitiva, este bebé, al igual que yo lo había hecho, llegaba a esta Tierra en el peor momento.

Sentí la imperiosa necesidad de ver a mi madre, la llamé y de inmediato se dirigió a mi casa. Mientras llegaba no podía dejar de pensar en esa nueva vida que me habitaba. No salía del shock. Raquel llegó, nos fuimos a la cocina y, mientras preparábamos un café, volteó y me miró. Me conocía muy bien, era una mujer intuitiva y con solo ver el brillo en mi mirada lo supo.

—¿Estás embarazada?

—Sí.

Mi madre respiró profundo.

—¿Santiago lo sabe?

—No.

—¿Y qué piensas hacer?

—No lo sé.

Se hizo un silencio, mi madre era una mujer respetuosa con mis decisiones.

—No me siento con la fuerza de tenerlo, mamá —dije sincera.

—Es una decisión que nadie más que tú puede tomar —me dijo Raquel.

Sus palabras retumbaron en mi interior. Yo había pensado en la posibilidad de ser madre, pero eso, al menos en mi mente, sucedería en un futuro, no ahora en medio de una profunda crisis existencial. Y sí, la decisión era mía, porque las mujeres en mi país, como en otros lugares del mundo, ya habían conquistado el derecho a elegir si continuar con un embarazo o no. Así que no se trataba de ir en contra de la ley, ni de poner en riesgo mi vida, como le sucedió a muchas mujeres antes de que el aborto se legalizara, mi resolución tenía que ver conmigo, solo conmigo.

—Piénsalo muy bien. Es una decisión que marcará el rumbo de tu vida —dijo sin juicio mi madre.

¡Pum! Otra vez frente a mí estaban dos senderos, sin lugar a dudas, sí somos los constructores de nuestro destino. La vida se me presentaba como un juego en donde tienes varias puertas frente a ti, pero una vez que abres una de ellas, las otras se eliminan y vuelven a aparecer otras puertas nuevas que te retan a seguir definiendo tu camino.

Mi realidad era tan abrumadora que opté por no abrir ninguna puerta y darme una tregua, que distaba mucho de serlo, porque mi mente y todas mis emociones se montaron en una especie de montaña rusa en la que un día decidía tener a ese bebé y asumir mi maternidad y al otro día no hacerlo, y qué digo al otro día: mis cambios de opinión eran por horas, por minutos, por segundos.

Pero a veces somos tan soberbios como para creer que en verdad elegimos todo lo que nos sucede, y al menos en este caso no fue así. Una noche estaba tan cansada de tanto pensar, que me fui a dormir temprano. Me costó trabajo conciliar el sueño porque en mi cabeza se repetía con obsesión desenfrenada la necesidad de tomar una decisión. Finalmente, caí dormida y comencé a soñar que mi vientre se expandía, que el bebé que estaba gestado crecía por segundo. Podía verlo a través de mi panza como un holograma que se iba desarrollando hasta que de repente una luz incandescente me cegaba y ese ser se convertía en polvo de estrellas. De inmediato un dolor muy fuerte me despertó. El cólico cada vez subía de intensidad hasta que sentí un líquido caliente recorrer mi entrepierna. Me incorporé, prendí la luz y ahí estaba yo, en medio de un charco de sangre.

Mi ginecóloga confirmó lo que yo ya sabía. Había tenido un aborto espontáneo y ahora tenía que someterme a un legrado para limpiar perfectamente el útero para que este no presentara complicaciones posteriores. Solo afirmé con la cabeza, le llamé a mi madre y empezaron a prepararme.

Mientras me llevaban al quirófano las lágrimas comenzaron a inundar mi cara y la culpa arribó a mi corazón. Tenía que reconocer que esa noche, justo antes de que me venciera el sueño, ante la locura mental en la que estaba envuelta, había tomado la decisión de abrir la puerta que decía "aborto". Me reconocí incapaz de manejar la situación y de convertirme en madre soltera. Y durante mi recorrido por los fríos pasillos blancos del hospital, tuve la sensación interna de que ese pequeño ser había escuchado mi elección, y que, por ello, su alma había sido tan compasiva conmigo que había optado por no dejar la decisión en mí y por emigrar a otro plano.

No sé si en el trayecto a la clínica para practicarme un aborto hubiera cambiado de opinión, pero era un hecho que en este momento su "no presencia" me dolía hasta la médula y me desgarraba el alma. Saber que el bebé estaba dentro de mí ya sin vida era una imagen imposible de asimilar y solo alcé la mirada al cielo y pedí que su alma sí se hubiera convertido en polvo de estrellas.

Rechacé a mi bebé sin haberle dado la oportunidad de mostrarme el gran regalo que hubiera significado su llegada. Entró en mi vida en un instante de muerte interna y no supe brindarle el calor materno que merecía, ni valorar su presencia. Su muerte temprana me hizo caer de nuevo en un abismo, solo que este era más profundo. La tristeza, el vacío y la culpa me ahogaban. Todo en mi vida se volvió gris. No podía ver los colores, ni oír las palabras de aliento de mi madre, ni sentir los abrazos amorosos de nadie. El dolor de su ausencia me tenía desgarrada y tendría que asimilar el duelo, reconciliarme con el vacío que había dejado en mí y encontrar la bendición oculta detrás de su muerte. Porque todas las almas, más allá del tiempo que están en esta Tierra, tienen una misión y la suya estaba a punto de serme revelada.

El despertar

Ese mismo día después del proceso quirúrgico llegué a mi casa. Mi madre se quedó un par de días conmigo. Me consentía, me apapachaba, me daba contención, pero nada llenaba mi vacío, ni aligeraba el dolor de la pérdida.

Yo no era más que un lienzo color negro, un pesar profundo, un alma rota. La doctora me informó que después de practicar un análisis genético se determinó que era una niña y que el aborto se había provocado porque tenía una malformación en un cromosoma, pero esto no le dio paz a mi espíritu, la sensación de no haberla acogido como se merecía seguía inundando mi corazón.

Pasaban los días y por más esfuerzo que hacía no lograba salir de la profunda depresión en la que estaba. La gente de mi alrededor empezó a preocuparse por mí, pero me era imposible levantar el vuelo, solo que la vida conlleva su propio misterio y por sorprendente que fuera la muerte de mi bebé tenía un para qué.

Con el desánimo y la desolación a cuestas me levanté, me preparé un café y con la taza en la mano salí a sentarme a mi balcón; cerré los ojos y aprecié el calor de la luz del sol bañar mi cuerpo, y ese pequeño estímulo de vida me hizo advertir la magia de Dios en la Tierra. Desde el fondo de mi corazón le pedí a la máxima fuerza divina que me mandara una señal para indicarme cómo salir del abismo en el que me encontraba. Cerré los ojos y me rendí ante él en un acto de absoluta entrega y vulnerabilidad, me quedé ahí unos segundos y comencé a experimentar una paz dulce, suave. Respiré profundo y abrí los ojos. Una pluma de un ave de intensos colores verdes y azules inició una danza frente a mí llevada por el viento. Subía, bajaba, se mantenía suspendida. Había escuchado que así se comunicaban los seres trascendidos del más allá y nunca le había dado fuerza a ese pensamiento, pero en ese momento estiré mi mano y, como si la pluma fuera la señal que había pedido, esta se posó en mi palma y me estremecí al percibir la presencia de mi hija. Habrá quienes piensen que enloquecí, pero para mí era muy claro que ella estaba ahí conmigo, acompañándome en mi proceso.

En ese instante me apropié de una fuerza revitalizadora distinta que le dio un nuevo significado a lo vivido y tuve claro que esa pequeña alma que me había habitado por tan solo nueve semanas se había materializado para cachetearme. Sí, había venido a darme una buena bofetada en la cara para mostrarme el drama en el que yo había caído, revictimizándome al darle el poder a otros de juzgarme y de definir quién era yo. Mi bebé había llegado a mí para hacerme tocar fondo, porque solo así podía resurgir de entre las cenizas —como el ave fénix— y retomar mi propia vida desde un nuevo despertar. Tal parecía que esa pequeña, a quien le di el nombre de Alaia, había tenido como misión elegida venir a provocarme un tsunami emocional y a sacudir mi existencia desde lo más profundo de mi ser con la intención firme de ayudarme a crear un nuevo andar.

Hay almas que vienen a revolucionar nuestra vida y mi pequeña hija llegó para hacerlo con la mía. Entre lágrimas le pedí perdón y me reconcilié con su partida, la honré por ser parte de las mujeres de mi clan y agradecí que, a pesar de haber estado conmigo por tan breve espacio de tiempo, su existir hubiera sido tan significativo y hubiera inyectado en mí la energía de renacimiento necesaria para enfrentarme al día a día desde otro lugar.

Tomé la pluma que había llegado volando hasta mí y la puse sobre un libro al lado de mi buró, ese sería su pequeño altar. El sol entró por la ventana iluminándola y haciendo que sus colores brillaran más. Y en ese instante se llenó de magia la habitación y sentí como si esa bebé me pidiera a través de ese símbolo gritar "Un, dos, tres por mí y todas mis compañeras", como en el juego infantil en el cual los niños salen a disfrutar con el bote pateado a las calles.

En este juego, el jugador principal patea un bote de lata lo más lejos posible, mientras los demás participantes se esconden. Una vez que él va por el recipiente y lo recupera debe dejarlo a la mitad de la calle para ir a buscar al resto de los participantes. A partir de ese instante tiene que encontrar a todos los jugadores, y conforme los va tocando, estos ya no podrán hacer nada por los demás, pero si alguien tiene la habilidad de no ser visto y velozmente logra llegar y patear el bote de nuevo, gana el juego y libera a todos al gritar: "Un, dos, tres por mí y todos mis compañeros".

Ante mí tenía la invitación clara para patear el "bote" de mi linaje y al hacerlo romper con las cadenas de repetición, porque si yo lo lograba, el giro estaba dado, no solo para mí, sino para toda mi descendencia: para mi futura hija, para la hija de mi hija, para la hija de la hija de mi hija, para la hija de la hija de la hija de mi hija y así en al menos siete generaciones más.

Al darme cuenta de esto nada en mi vida volvería a ser igual. Sabía que debía tomar una dirección diferente de manera drástica y definitiva, porque de no hacerlo correría el riesgo de volver a caer en la misma historia que nos había provocado tanto dolor a todas. Sin duda era imperante hacer el cambio.

Busqué distintas terapias, quería que la sanación fuera profunda. Debía llegar al fondo de mi ser para desenterrar las improntas heredadas y los dolores profundos que habían dejado honda huella en mi alma y en el alma familiar.

Era mi responsabilidad encontrar la verdadera llave de mi propio laberinto. No intentar salirme por una puerta falsa, sino por la que me permitiera retomar a mi diosa, por la que pudiera crear un vínculo en el que el amor y la pasión se manifestaran juntos y por la que construyera una vida en la cual me tomara en totalidad.

Fractales de una misma alma

Me hablaron de Aura, una chamana oaxaqueña que era experta en linajes y en plantas sagradas. Tenía que reconectar mi cuerpo y sanar mi alma, y pensé que ella era una buena opción para hacerlo desde mi parte más instintiva, sin que mi parte consciente pusiera freno.

La cita era en un lugar un tanto peculiar. Un inmueble en el centro de Ciudad de México, que por extraña razón no tenía número en la calle, pero podía ser localizado bajo el nombre: Edificio del Sagrado Corazón. Llegué puntual, una mujer me abrió la puerta de vidrio esmerilado y herrería pesada. Me condujo hacía el elevador. Se trataba de una construcción del siglo pasado, así que el elevador era pequeño, de paredes de metal color amarillo. Apretó el botón del último piso. Al llegar salimos en total silencio. La seguí hasta una escalera de caracol que conducía a los cuartos de servicio, pasamos por los baños comunes, los tendederos y justo en frente de los lavabos estaba el cuartito en el que la chamana atendía. Se abrió la puerta y apareció Aura, una mujer de tez morena, ojos negros, de una edad difícil de calcular. Se percibía la sabiduría en su mirada. La herencia de un linaje de mujeres guerreras y sanadoras. "A cada mujer la acompañan sus ancestros", pensé.

Cubría su cabeza con una pañoleta bordada con mil colores y en la cintura usaba un impresionante cinturón rojo con incrustaciones de cuarzos morados, que le servía de protección. Entrar en esa pequeña habitación era internarte en una especie de universo paralelo. Ahí el mundo de las posibilidades se manifestaba en todo su esplendor. Me preparó una pócima hecha de varias plantas sagradas. Y me pidió poner una intención a la ceremonia. No tuve que pensarlo, sabía exactamente a lo que iba.

—Deseo liberar a mi linaje femenino. Honrar su sabiduría y soltar sus ataduras —dije convencida.

Eso fue suficiente para iniciar. Prendió una fogata al centro del cuarto. Me dio a tomar el brebaje y, mientras este hacía efecto, sonó cascabeles y tocó el tambor pidiendo permiso a la madre tierra y al abuelito fuego para que bajo su bendición y protección tuviera lugar la ceremonia de sanación.

Mi cuerpo empezó a tener vida propia, mi voluntad no existía, por más que mi mente consciente intentaba ejercer control era imposible. A través de la respiración y de una cadencia de movimientos, principalmente de cadera, comenzaron las memorias a aflorar. Eran recuerdos no solo míos. Al igual que cuando Yaya se suicidó y se le revelaron las experiencias más importantes que había pasado, ahora frente a mí en una especie de holograma se desplegaba y proyectaba una serie de momentos que marcaron la vida de mis mujeres: abusos, violaciones, insatisfacciones, amores ocultos, adulterio, sexualidad truncada, soledad. No podía distinguir quiénes de nosotras habíamos vivido qué, la sensación era como si fuéramos distintas y a la vez iguales. Todas éramos fractales de una misma alma. Eran circunstancias llenas de dolor, lágrimas y tristezas. Ya no importaba si era Emilia, si era Yaya, si era Esther, Raquel o yo. Todas veníamos de un mismo árbol, de un mismo clan, de una misma sangre. Así como el linaje de otras mujeres estuvo marcado por situaciones de maltrato, pobreza, pérdida de territorio, abortos continuos o constantes crímenes, por poner tan solo algunos ejemplos, en nuestra familia, nuestras vivencias tenían que ver con nuestro espíritu indomable. Este nos había llevado a entregarnos a placeres ocultos, que al ser juzgados por otros o por nosotras mismas habían provocado nuestra muerte emocional y la inhibición de nuestra sexualidad.

No sé por cuánto tiempo visité el inframundo. Estaba envuelta en una especie de círculo en el que se repetían las mismas imágenes una y otra vez. Después vino cierta calma, que se rompió cuando caí en un hoyo negro profundo en el que surgían miles de ojos que me observaban, yo no podía abrir los míos, pero podía sentir la mirada inquisidora de todas esas mentes que durante generaciones enteras habían juzgado al alma colectiva de la que yo era parte. Me encontraba en el no tiempo cuando empecé a ver todo mi torrente sanguíneo iluminarse en colores fosforescentes: rosa mexicano, naranja intenso y morado, como si se estuviera gestando una especie de renovación de mi sangre que terminó con el florecimiento de una hermosa flor de loto sobre mi sexo. A partir de ahí me convertí en distintas mujeres que ante el sonido de un chasquido iban cambiando: era una bebé recién nacida, una anciana, una mujer obesa, una flaca, una de piel negra, de piel blanca, una Afrodita, una Atenea, una Eva, una María Magdalena. Yo era todas, absolutamente todas.

Después vino la sensación de un mar en calma y al respirar con profundidad me convertí en la nada, o sería mejor decir en el todo. Y en ese estado permanecí sin tener consciencia del tiempo y del espacio.

Al volver a abrir los ojos la chamana estaba frente a mí en total serenidad.

—Por lo visto la planta te escuchó —dijo tranquila.

Por supuesto que lo había hecho, era como si todas las historias vividas se integraran en mí y pude ver claramente mi herencia ancestral. Comprendí que a mis mujeres nadie les enseñó a amar sin perder parte de su esencia, a gozar sin sentir culpa de su sexualidad, ni a enfrentar el qué dirán y las reglas establecidas. Durante el trance se me permitió entender cómo cada una de nosotras había ido liberando a la siguiente con pequeños cambios, a veces imperceptibles, pero sumamente importantes, y cómo entre todas nos habíamos ido quitando cadenas para ir conquistando una mayor libertad. En la medida de sus posibilidades mis mujeres ancestrales le habían ido allanando el camino a la que sigue, y ahora a mí también me estaba tocando hacerlo. Ante mí se abría la posibilidad de atreverme a vivir la vida en mis propios términos y de romper de tajo con el patrón de la repetición que tanto dolor nos había ocasionado a todas.

—¿Por qué lo hacemos? ¿Por qué repetimos lo que nuestros ancestros vivieron? —cuestioné a Aura.

—Por amor.

Su respuesta me desconcertó.

—¿Por amor? Pero si al hacerlo nos provocamos sufrimiento, dolor, desamor.

—Puede ser difícil entenderlo, pero de manera inconsciente para demostrarles cuanto los amamos nos sacrificamos y repetimos lo que nuestros ancestros vivieron para poder pertenecer a su linaje y no ser excluido del clan —se me quedó viendo fijamente y continuó—. Y así vamos reproduciendo la misma historia de generación en generación hasta que nace alguien que se atreve a hacerlo distinto. Hasta que nace alguien que se atreve a decir: te amo, pero… este sufrimiento, este dolor, este desamor, no me pertenecen. Hasta que nace alguien que se atreve a romper el mismo patrón de su linaje.

—Ninguna de mis mujeres lo ha hecho diferente, ni siquiera yo —dije honesta.

—Es un gran paso que estés consciente de que en tu linaje las mujeres se entregan a amores prohibidos y que no se dan el permiso de vivir su sexualidad en plenitud. Porque ahora tú tienes la posibilidad de cambiar la historia.

—Suena tan fácil.

—No, no lo es. Es más fácil dejarte llevar por la corriente y tomar el mismo camino —aseguró contundente.

La miré con detenimiento y me sinceré.

—El problema es que yo ya me tropecé con la misma piedra y al igual que mis mujeres experimenté un placer oculto que destruyó mi vida.

—Pero si estás aquí es porque tuviste la capacidad de ver "la piedra" y porque tienes el deseo de quitarla de tu camino.

Aura hablaba con calma y profunda sabiduría.

—Al tropezarte con "esa piedra" que se llama… —me preguntó.

—Santiago.

—Al tropezarte con Santiago pudiste haberte quedado ahí tirada, aceptando el destino marcado, compadeciéndote del dolor por haber renunciado a tu sexualidad y abrazando la soledad y tristeza, pero te paraste y estás buscando hacerlo diferente.

Sus palabras comenzaban a hacer eco en mi corazón.

—¿No crees que mereces tener una existencia más plena y amorosa que la que vivieron las mujeres de tu familia? ¿No crees que mereces gritar a los cuatro vientos el amor que estés disfrutando y no vivirlo en la oscuridad? ¿No crees que mereces florecer y gozar de una sexualidad plena?

Salí de ahí con el corazón latiendo a mil y con un torbellino de emociones y mil ideas. Lo dicho por Aura era verdad, de manera inconsciente había vivido la misma historia de soledad, sufrimiento y desamor que mis mujeres. A partir de este momento que podía verlo y estar consciente, también podía optar por hacerlo distinto y por romper el patrón de la repetición del alma familiar. El solo escuchar esta posibilidad alegró mi corazón y sentí un gozo interno avasallador. Había un nuevo camino que recorrer y este lo podía construir yo.

Antes de irme me sugirió hacer en mi casa un ritual como cierre, pero este tendría que esperar, porque como si mi abuela Esther hubiera percibido la sanación que estaba viviendo, llegó sin avisar a buscarme a mi casa.

Cuando uno cura lo intangible, lo tangible brilla más y los cambios generados comenzaban a manifestarse.

Reconciliación

Si Esther había mantenido una gran distancia con mi madre, conmigo la había marcado aún más. Había pasado mucho tiempo sin encontrarme con ella. Al verla llegar imaginé el sermón que tendría que soportar por haber sido parte de una relación prohibida que se había vuelto viral y por haber estado a punto de convertirme en una madre soltera. Estaba segura de que me reprocharía por seguir rompiendo sus expectativas y me pediría tomar el cauce de las buenas costumbres, pero para mi sorpresa no fue así. A mi casa entró una mujer distinta, decidida a mostrar su vulnerabilidad, ese preciado don tan temido porque nos han enseñado que es sinónimo de debilidad, cuando en realidad es una fuerza sutil que nos empodera y nos humaniza.

Mi madre, después de pensarlo mucho, le había mandado el cuadro que pintó Yaya. A pesar de haberse negado a verlo, Raquel estaba convencida de que para Esther sería importante leer la carta que mi bisabuela había escrito en el lienzo, y no se equivocó. Por lo visto Yaya con sus palabras había venido a abrirnos el corazón y a motivarnos a develar todos los secretos de la familia.

—Necesitaba hablar contigo —me dijo Esther justificando su llegada.

—¿Pasó algo, abuela?

—Tu madre me envió la pintura que hizo Yaya y leí lo que escribió detrás del cuadro el día que se suicidó —hizo una pequeña pausa, en su rostro podía verse el dolor de recrear aquel momento—. Me impactó tanto que anoche soñé que yo también me quitaba la vida. Y aunque la muerte siempre es una posibilidad, la sentí tan cerca que me cuestioné toda mi existencia. Lo que hice y lo que dejé de hacer… —se me quedó viendo fijamente y me dijo sincera—: Me quedó muy claro que el error ha sido mío.

—¿Qué error? —la miré intrigada.

—El de haberme enclaustrado en mi propio mundo al sentirme tan rota. El dolor me endureció y me alejé de ustedes.

Me pidió un tequila, le serví un caballito y se lo tomó de un trago, aclaró la garganta y mientras le servía otro comenzó a hablar.

—Pasé por muchas situaciones difíciles, pero mi alma ya no pudo más cuando la vida se llevó al hombre que amaba. Y en el momento de su muerte, mi fuego se apagó y me morí con él.

Sin más me contó con lujo de detalle su historia, la de Yaya y la de Emilia. Por Raquel yo ya tenía idea de las historias de estas mujeres, pero no conocía todos los pormenores que Tomasa le había contado, y fue así que pude confirmar lo parecidas que eran nuestras experiencias.

Esther guardó silencio unos segundos y continuó:

—Hoy sé que cada uno viene a vivir su propio destino e hice mal al tratar de controlar el de tu madre y el tuyo. Yo solo quería protegerlas y evitar que pasaran por el mismo sufrimiento que yo había padecido por haberme entregado en cuerpo y alma a un hombre.

Se sirvió otro tequila y me dio uno a mí. No cabe duda de que a veces el dolor abre puertas del corazón que no se abrirían de otra manera. Esther retomó la palabra.

—Y cuando supe de tu escándalo por ese maldito video, sentí mucha rabia contra mí por no haber podido evitar que cayeras en una relación que solo iba a lastimarte.

—No hubieras podido evitarlo, abuela. Yo elegí amar a ese hombre.

—Quizá si te hubiera contado mi historia y la de las mujeres de la familia, lo habrías pensado dos veces. Los secretos familiares hacen más daño de lo que creemos.

Se me quedó viendo y con pesar dijo sincera:

—Y en lugar de estar cerca de ti, mi reacción fue alejarme y no sabes cómo me arrepiento —dio otro trago al tequila y siguió hablando—. Además, tú me necesitabas a tu lado, sobre todo después de haber perdido a la bebé, pero no supe estar.

Se limpió una lágrima que estaba a punto de recorrer su rostro.

—Tenía que haberte dicho que te amaba por sobre todas las cosas y que lo que estabas atravesando no tenía por qué definirte a ti, ni al resto de tu vida.

Sus palabras vibraban en mi interior. Mi abuela me vio llena de ternura y continuó:

—Y si estoy aquí es porque hoy, justo cuando desperté con taquicardia por la pesadilla de verme casi arrancándome la vida, un colibrí se quedó suspendido en la ventana frente a mí por no sé cuánto tiempo y me hizo recordar las palabras que mi madre me dijo unos minutos antes de morir.

Sus ojos se llenaron de lágrimas y ahora sí no hubo manera de contenerlas. Me acerqué a ella y las limpié con amor. Era la primera vez que nos tocábamos, siempre había sido tan dura, tan impenetrable, tan fría, pero en ese momento era como si al fin pudiera sacar el dolor acumulado en toda su vida. Mi abuela era esa pequeña que perdió a su madre cuando ella se suicidó, era esa adolescente que fue violada por un hombre que también le había enseñado lo que era la ternura, era esa mujer que perdió al amor de su vida. Después de desahogarse un poco, retomó:

—Yaya me dijo que yo era especial y que no tuviera miedo a ser yo misma. Pero hoy sé que fue justo el miedo a serlo lo que me paralizó y lo que hizo que me metiera, sin estar consciente, en una cárcel interna. Es duro darme cuenta, pero todos estos años fui presa de mí misma.

Esther respiró profundo, mientras ambas sosteníamos una mirada de total empatía:

—Yaya se quitó la vida y de alguna manera yo hice lo mismo con la mía. Aniquilé a la mujer que había en mí y con ello marqué la historia de tu madre y la tuya —dijo Esther.

—No seas tan dura contigo, abuela. Solo enfrentaste la realidad con las herramientas que tenías en ese momento. Tu vida no había sido nada fácil —le dije sin ningún rencor.

—Lo sé, pero nuestro destino lo escribimos con las decisiones que tomamos y también pude haber abrazado mi libertad y dejárselas como herencia. Hoy sé que pude haber cubierto con amor lo que se había quebrado por el miedo, pero no lo hice. Y desde esta mañana que me di cuenta, la culpa no me ha dejado estar en paz —Esther respiró profundo y continuó—. No cometas el mismo error que yo. No construyas tu propia cárcel aislándote del mundo. No te ciñas a la voluntad de otros, ni trates de encajar en una sociedad que te enjuicia, ahora, hasta por internet.

Mis ojos comenzaron a llenarse de lágrimas ante la comprensión y el no juicio de mi abuela. Me quedaba muy claro cómo las pérdidas y los duelos nos habían marcado.

—Y ahora, total y absolutamente convencida, te repito lo que tu bisabuela me dijo, y que debí comunicárselo a Raquel y a ti. No tengas miedo de ser tú. ¡Sé libre, mi niña! —dijo con certeza mi abuela.

No pude contener el llanto, me arrodillé ante mi abuela, la tomé de las manos y se las besé. Recargué mi cabeza en sus piernas, mientras ella por primera vez me acariciaba. Tocaron el timbre. No quería que nadie nos interrumpiera, pensé en no atender la puerta.

—Abre. Es tu madre, le pedí que viniera.

—¿Tú quieres ver a mi mamá? —dije con asombro, ellas se frecuentaban muy poco.

—Sí, no sabes las ganas que tengo de hacerlo.

Me paré a abrir. Raquel no entendía por qué Esther la había citado en mi casa. Al llegar y vernos llorando, pensó lo peor, imaginó que su madre tenía alguna enfermedad terminal y que le quedaba poco tiempo de vida, pero no era así. En cuanto Esther la vio entrar, sin ponerse de nuevo el disfraz de mujer inquebrantable, se acercó a ella, la abrazó y por primera vez le dio un beso en la mejilla.

Las tres llorábamos emocionadas.

—Perdóname por no ser la madre que tú merecías —dijo Esther sincera.

Raquel no podía creer lo que oía.

—Mamá, me has hecho tanta falta —contestó entre lágrimas.

Raquel se fundió en el regazo de su madre. Esther, quitándose la armadura de la perfección, le confesó su más grande secreto, llena de temor por su posible rechazo. Guillermo era su verdadero padre y no Darío, como ella había creído hasta ese momento. Raquel pudo percibir el dolor y el sufrimiento que ocultar esta historia había dejado en su madre, y como única respuesta la abrazó dándole todo el amor que le había guardado por tantos años. "¿Cómo juzgarla si yo hice lo mismo con Camila?", pensó mi madre.

En ese instante, Raquel me dijo que venía de recoger el resultado de mi prueba de paternidad. Había recolectado, sin que yo lo supiera, una muestra de mi ADN, porque la última vez que platicamos ella sintió la imperiosa necesidad de saber la verdad y enfrentarse al fantasma que había estado evadiendo por tantos años. Y me dio la opción de conocer o no el contenido del sobre. Pero esta vez ya estaba lista y deseaba averiguar la verdad sobre mi origen. Tomé el informe, respiré profundo y lo leí en voz alta. Mateo, el hombre a quien siempre vi como mi padre, me había dado la vida. A las dos nos habitó la paz.

Esther volteó a verme, extendió su mano y me pidió unirme a ellas. Las abracé a las dos, como aquella vez que en el hospital estuvieron Emilia, Yaya y Esther. El no juicio y el perdón corría por nuestras venas. Juntas nos estábamos sanando. El poder de lo femenino emergía como una fuerza arrolladora, porque finalmente el amor lo cura todo.

Mi destino lo elijo yo

Era casi medianoche cuando mi abuela y mi madre se fueron de mi casa. Juntas habíamos desnudado el alma y habíamos puesto en la mesa nuestras historias. No había más secretos, ni juicios, ni críticas. Hoy las tres teníamos la posibilidad de hacerlo diferente. No importaba la edad, ni las circunstancias, siempre existe la oportunidad de volver a empezar y de romper el mandato familiar.

Pensé en irme a la cama, pero preferí llevar a cabo el ritual que Aura me había pedido que hiciera. Busqué en mi computadora el archivo de fotografías, desde las de mi tatarabuela hasta las mías, y las imprimí. Después me serví una copa de vino rosado y salí al jardín con todo lo que requería.

La luna era balsámica, qué mejor energía para entrar en la sombra, iluminarla y dejar ir lo que ya no va. Hacía mucho frío, me puse mi abrigo, me senté en el pasto y comencé a hacer una especie de altar. Coloqué frente a mí la foto de mi madre Raquel, detrás de ella la de mi abuela Esther, la de mi bisabuela Yaya, la de mi tatarabuela Emilia, y después un cuarzo rosa en representación de las mujeres que les precedían. Del otro lado puse mi foto y delante de mí la pluma que representaba a mi pequeña Alaia y un cuarzo blanco por mis futuros descendientes.

Prendí una vela blanca invocando nuestra alma común y una leve brisa tocó mi rostro en una especie de confirmación que hizo que la llama se avivara y se tiñera de colores: naranja, amarillos y azules. Tomé un ramo de rosas blancas y fui ofreciéndolas a cada una como agradecimiento por ser parte de mi historia.

—Emilia, bendigo tu fortaleza para defender el amor verdadero que sentiste por el hombre que tu corazón eligió y por haber sido la primera semilla de libertad de nuestro linaje. Una semilla que heredé y que pude hacer germinar. Yaya, bendigo tu espíritu libre y las palabras tan poderosas que le heredaste a Esther, no hay mejor regalo que la invitación a ser "una misma". Esther bendigo tu vulnerabilidad porque hoy gracias a ti se rompió la lealtad invisible a la soledad y a la insatisfacción, y trazamos juntas un nuevo camino. Raquel, bendigo la mujer sabia y amorosa que hay en ti y agradezco que hubieras querido un destino distinto para mí.

Cerré los ojos y honré el alma compartida. Nos imaginé a todas felices, bailando y gozando de nuestra femineidad como en el cuadro de "El despertar de cinco mujeres", que Yaya pintó.

—Honro su vida, honro su amor, honro nuestro linaje. Y tomo de ustedes su arrojo, su decisión, su valentía, su vulnerabilidad y su amor —respiré profundo y decidida continué—: Y esta noche les devuelvo su tristeza, su soledad, su insatisfacción y la escisión de sus cuerpos. Nada de esto me pertenece y a partir de hoy yo, como ustedes mujeres ancestrales, ya no lo haré. Yo, como ustedes: tatarabuela, bisabuela, abuela y madre, ya no lo haré. Yo, como ustedes: Emilia, Yaya, Esther y Raquel, ya no lo haré.

Después tomé con las dos manos una espada de madera, simbolizaba todos los hombres que habían tocado nuestras vidas, en la que Aura me había pedido escribir la frase "los hombres son prohibidos" y enuncié:

—Esta creencia no es mía, es de ustedes. Y yo no quiero seguir cargándola. Los hombres no están prohibidos para mí. Ese era el trabajo que su alma vino a hacer, pero mi destino es distinto.

Y enterré la espada en la tierra. Permanecí en silencio unos instantes dejando que la energía se acomodara en mí y como cierre les dije:

—Gracias por permitirme ser una de ustedes, por compartir la misma sangre y por ser un fractal de una misma alma.

Me incliné ante cada de una de ellas en señal de agradecimiento. Luego tomé en mis manos la pluma que simbolizaba el espíritu de Alaia y me dirigí a mi pequeña:

—Mi pequeña Alaia, gracias por haberme elegido como tu madre, aunque yo no haya sabido serlo. Hoy sé que las almas deciden venir a este plano con una misión establecida y que se mantienen en este mundo solo el tiempo necesario para alcanzarla. Y tú, aunque no hayas nacido, eres parte de mi linaje y sé que tu breve presencia en mi vida tuvo como encomienda enfrentarme a mi realidad, sacudir mi corazón y encender de nuevo mi espíritu. Después de mi muerte emocional, el profundo dolor de tu ausencia fue la única forma de hacerme "renacer".

No podía contener las lágrimas, pero ahora no eran de tristeza, sino de una inmensa paz y alegría en el corazón.

Por último, tomé el cuarzo blanco, que significaba las mujeres por venir de mi linaje.

—A ustedes las libero de seguir mis pasos o de cualquier otra mujer de nuestro clan. Son unas diosas y su linaje les da la fuerza para asumir la Afrodita que las habita y vivirla en total libertad —y por último con certeza dije—: Hoy yo decido florecer en mi vida como una mujer plena y libre, al lado de un hombre pleno y libre, en una relación basada en el amor, la pasión y la libertad.

Volteé a ver el cielo y estaba lleno de estrellas. Pensé que cada una de ellas representaba a cada una de mis mujeres y pude observar cómo sin duda, hoy, todas brillábamos distinto.

Los rayos del sol sobre mi cara me hicieron despertar, me había quedado dormida sin darme cuenta. El viento durante la noche había revuelto la tierra y parte de mi altar estaba debajo de ella, decidí dejarlo así y permitir que la madre tierra con su energía femenina también fuera parte de esta sanación.

Me amaba más

Lo que paso después no podría explicarse sin el ritual de liberación y sanación que había realizado y la energía de perdón recibida por mi madre y mi abuela. Hay quienes no creen en la fuerza de lo intangible, pero yo había sido testigo de su magia.

Comencé a experimentar una felicidad profunda, un gozo inusitado y la tristeza y la incertidumbre se fueron diluyendo. Era tiempo de romper con el juicio externo e interno, de dejar atrás las limitaciones impuestas que me impedían vivir aquí y ahora, y de resignificar el pasado para entender el presente y poder transformar mi futuro. Un futuro que hubiera estado condenado a las mismas historias de mis antepasados de no haber hecho consciente la carga del desamor, del dolor y de los prejuicios heredados. Como bien dicen: "El dolor que no se transforma se transmite" y había que "sanarlo para ahora transmitir amor". Por tanto, era vital estar pendiente de cada acción y de cada decisión para evitar caer en el camino conocido y para seguir manteniéndome en la dirección que me llevara a crear un nuevo andar.

Santiago se topó un día con mi madre y por ella se enteró que había perdido a una bebé que era de los dos. Totalmente desconcertado me buscó de inmediato. Quedó impávido al saber por todo lo que yo había pasado y pude percibir cómo un torbellino se creó en su interior. Días después nos encontramos de nuevo, no había podido dejar de pensar en lo sucedido y me propuso retomar nuestra relación. Fue claro al decirme que su esposa había estado a punto de quitarle gran parte de su fortuna por el escándalo de nuestro amasiato, así que solo podía ofrecerme un placer oculto. Para ser sincera, yo lo seguía amando, pero ahora me amaba más a mí misma y no quería regresar a la sombra, ni callar mis sentimientos para encajar en la vida de alguien, así que con toda seguridad le dije que entre nosotros no había ninguna nueva historia por compartir. Se desconcertó, insistió, creyó que terminaría cediendo porque sabía de mis sentimientos por él, pero yo tenía la fuerza para no tropezar de nuevo con la misma piedra y me mantuve en mi decisión.

Opté por quedarme sola, al menos por un tiempo. Era una soledad elegida para reconstruirme, fortalecerme e integrarme; para desde un profundo lugar de amor propio volver a extender mis alas. No quería aferrarme a nadie ni tratar de tapar con una relación los vacíos y las heridas. Era tiempo de retomar mi vida a partir de quien era yo ahora. Así que comencé a meditar y a hacer ejercicio, redecoré mi departamento dándole un tono más acogedor y me enfoqué en mi carrera que comenzó a despuntar de nuevo. Otros escándalos públicos habían acaparado la mirada de los demás y estos parecían ya haberse habituado al mío, lo que me permitió retomar mi vida de una manera más o menos normal. Aunque no faltaba quien volviera a publicar algo o que hiciera algún comentario en mis redes, pero la diferencia era que, hoy, ya no me importaba. Mi espíritu había retomado su fuerza.

Por supuesto que no pretendía dejar mi sexualidad a un lado, quería seguir honrando mi parte más creativa y hermosa, así que cuando lo deseaba, hacía uso de mis juguetes sexuales. Amaba llegar a mi casa, servirme una copa de vino rosado, ponerle sales a mi tina y meterme en ella a darme placer. La pasaba tan bien conmigo, aunque debo confesar que siempre preferí un buen beso, una caricia o hacer el amor. Por ello en el camino hubo dos que tres parejas con las que compartí la intimidad, pero lo cierto es que en ninguna encontraba lo que siempre anhelé y que al andar con Santiago olvidé: una relación en la que el amor y la pasión fueran de la mano en total libertad bajo los rayos del sol con un hombre totalmente disponible. Estoy convencida que los amores verdaderos se encuentran por sincrodestino. No te enamoras, ni te encuentras parejas sexuales significativas todos los días. Así que decidí fluir y seguir disfrutando de mi vida y, sobretodo, compartiendo con mis amadas mujeres.

Porque sin lugar a duda, había valido la pena devolverles la energía que les correspondía a cada una de ellas. Por mucho tiempo la había cargado y defendí sus creencias como propias, repitiendo sus mismas historias, en una lealtad invisible difícil de romper. Pero como me había dicho Aura, la chamana, cuando alguien logra liberarse sana el karma de todo el clan. Y, por tanto, como resultado de sacar a la luz los acuerdos heredados e iluminar el inconsciente, no solo yo había tomado una actitud y rumbo distintos sino también mi madre y mi abuela.

Después de ese día tan enriquecedor que tuvimos las tres, Raquel se dio la oportunidad de conectarse otra vez con su esencia femenina. Entró a terapia y después de un proceso de sanación se abrió a una nueva relación en la que ahora se da el permiso de gozar de su sexualidad, sin la necesidad de fingir orgasmos ni de resignarse a vivir sin placer.

Mi abuela, por su parte, encontró la paz. Con todas las pérdidas que había experimentado se hizo consciente de que no existen vidas incompletas porque todas dejan huella y que Guillermo, a pesar de haberla dejado sola al morir, le había dado el gran regalo de conocer el amor real. Después de contarnos su historia, sanó su dolor, volvió a sonreír y se convirtió en una matrona sabia, conectada consigo misma, con tanta luz en su vida que dejó libres a todos los pájaros que tenía presos en las jaulas del patio de su casa, y ahora ellos la visitan cada vez que lo desean.

Aquel día, con el tequila como testigo, las tres decidimos dejar el camino del aprendizaje a través del sufrimiento y nos abrimos a la posibilidad de hacerlo a través del gozo y del amor. Y optamos por aprender a escuchar nuestra voz interior para tener el coraje de seguir nuestro instinto y nuestro propio llamado desde un lugar de merecimiento y compasión.

Estábamos conscientes de que nuestro futuro lo construimos a partir de lo que nos permitimos decir, actuar, gozar, pero sobre todo de lo que decidíamos amar. Porque Dios es amor incondicional y no un juez severo que juzga y castra. Porque la unión de dos depende solo de dos, no de estructuras que solo atan. Porque el primer amor de una mujer debe ser el que sienta por ella misma. Y porque no éramos unas pecadoras por gozar de nuestro cuerpo ni de nuestra sexualidad sagrada, sino unas mujeres con el derecho de vivir en total libertad.

Qué mejor legado para las mujeres por venir de nuestro clan que este nuevo despertar.

Consciente de esto una tarde cálida de verano me senté a escribir una carta que entregaría a la siguiente mujer que llegara a mi linaje. Al cerrar los ojos y conectarme con el campo infinito de las posibilidades, pude sentir la presencia de mi futura hija, y aunque aún no sabía quién junto conmigo le daría vida y cuándo se manifestaría en este mundo terrenal, su alma femenina ya vibraba cerca de mí.

Alma de mi alma

Alma de mi alma:

No sé cuándo llegarás a mi vida, pero ya siento tu presencia. Dicen que las almas eligen a sus padres antes de encarnar, para juntos aprender y evolucionar y yo ya te percibo iniciando el camino que te conducirá hacía mí.

No sé si anunciarás tu llegada en días, semanas, meses o años, porque el tiempo para ti no es lineal, pero quiero contarte que formarás parte de mi linaje.

Un linaje formado por mujeres de espíritu indomable que se atrevieron a escuchar a su corazón, aunque hubieran tenido que pagar un precio muy alto por ello. Mujeres que, aunque muchas veces no pudieron hacerlo, trataron de romper las reglas impuestas por la sociedad. Mujeres que sacrificaron su femineidad y su sexualidad para poder subsistir en un mundo patriarcal.

Pero, por fortuna para ti, y para las mujeres por venir en nuestro clan, me tocó a mí transitar por un profundo viaje interior para romper la cadena de repetición que nos condenaba a vivir amores prohibidos y relaciones con hombres que no eran líbres. Al hacerlo, se abrió para ti la posibilidad de transitar un nuevo andar.

Debido a mi despertar, y al despertar de otras mujeres, a ti te será permitido vivir tu sexualidad bajo tus propias leyes y deseos. A ti te será permitido entregarte al placer sin que este sea considerado como pecado. A ti te será permitido experimentar el amor consciente y la fuerza de los sentidos escuchando con respeto lo que tu ser necesita y quiere.

Así que ya no tendrás que padecer ni el drama ni el conflicto que un placer oculto genera. Ese camino ya está limpio para ti y si así lo eliges podrás optar por experimentar el amor y el placer en una misma relación, escuchando con respeto lo que tu ser merece desde un lugar de mayor plenitud.

Por supuesto, sé que tu vida no será perfecta y que deberás sanar y limpiar otros karmas, otros conflictos, otras consecuencias generadas por ti y por tu linaje. Cada quien necesita su propio caos para evolucionar y te tocará a ti encontrar la llave para salir de tu propio laberinto y romper con esquemas establecidos que ya no vayan contigo.

Te equivocarás y tendrás cruces con almas que te harán cuestionarte tus valores y tus creencias, se te presentarán tentaciones y habrá caídas, pero también gozarás de otra consciencia y de una red de mujeres más despiertas que te contendrá. Te acompañaremos en esta maravillosa experiencia que significa ser mujer, para que tú, y solo tú, escribas tu propia historia.

Fortalece tu espíritu indomable y sé libre sabiendo que todas nosotras estaremos detrás de ti, dándote la fuerza y el amor que requieres.

Con infinito amor,
Tu madre, Camila

Guardé la carta. Sé que algún día se la daré y juntas nos sentaremos a platicar sobre la historia de cada una de nuestras mujeres, cuya vida dio origen a la suya.

Amor y pasión

Me encontraba en un momento de mucha plenitud personal y profesional cuando, dos años más tarde, conocí a Diego.

Me invitaron a asistir a la convención anual de generación de contenidos en Nueva York. Mi serie había sido tan exitosa que varias productoras deseaban conocer otras de mis historias. Así que entusiasmada hice mi maleta sin saber que la serendipia se activaría. Me subí al avión, tomé mi lugar, me puse los audífonos, cerré los ojos y escuché música mientras despegábamos. De repente un hombre me sacó de mi ensimismamiento al tocarme en el hombro. Al verlo sentí una gran atracción. Era alto, delgado, de pelo castaño medio ondulado, ojos cafés y una gran sonrisa.

—Perdón, pero estás en mi asiento —me dijo.

—No —contesté de inmediato.

Me mostró su boleto y en efecto, yo me había equivocado. Apenada agarré mis cosas y fui a mi lugar que estaba justo del otro lado del pasillo. Él sonrió de nuevo y me dijo que no pasaba nada. Tenerlo cerca y poder oler su aroma tan varonil comenzó a inquietarme. Me puse tan nerviosa que no volví a cruzar mirada con él. Tomé mi libro y traté de concentrarme en la lectura, pero era imposible, así que fingí dormir mientras imaginaba que íbamos solos en el avión y que sin pedirme permiso se acercaba a mí y comenzaba a recorrerme con su boca. Empecé a excitarme, podía sentir sus manos subir y bajar por toda mi piel y tomar elixir de mi sexo.

Un pequeño gemido salió de mi boca. Tuve que parar, no quería ser descubierta. Era mejor abrir mi computadora y ponerme a trabajar para evitar que lo que ese hombre me estaba provocando se adueñara de nuevo de mí. Sonreí divertida, hacía mucho tiempo que nadie me provocaba de esa manera. Finalmente aterrizamos, nos despedimos con una leve sonrisa y cada uno tomó su camino. Pensé que no volvería a verlo, pero para mi sorpresa al segundo día de la convención coincidimos en uno de los eventos. Sin más se acercó a mí y casi se me va el aire al sentirlo de nuevo tan cerca.

—Vaya coincidencia —me dijo viéndome fijamente.

—¿Qué haces aquí? —lo cuestioné.

—Anoche cerré el contrato para que adapten uno de mis libros para hacer una serie.

No lo podía creer, yo había leído su libro, en él hablaba de todo lo que tiene que pasar para que dos personas coincidan y se establezca una relación entre ellos. Cuantos antepasados, cuantas vidas, cuantas decisiones tenían que confluir para que empezaran una historia juntos. Incluso había pensado en contactarlo, pero por la crisis existencial que viví lo había olvidado. De inmediato comenzamos a platicar como si nos conociéramos de toda la vida. Hablamos por horas, reímos y compartimos un buen vino. Después fuimos al hotel y subimos al elevador para ir a nuestras respectivas habitaciones. Estar a solas con él volvió a encender mi instinto. Tenía tantas ganas de acercarme, de besarlo, de arrancarle la ropa y montarme en él que me era difícil seguir la conversación que estábamos teniendo. Podía sentir la tensión sexual entre los dos. Con tan solo una leve insinuación podía llevar mi fantasía a la realidad, pero no lo hice. Al llegar a mi piso, me despedí de él y me fui.

Toda la noche pensé en ese hombre, me metí a bañar, tomé un aceite que olía a esencias y comencé a acariciar mi cuerpo con su imagen en mi mente, y ahora sí, alcancé un orgasmo. Diego había despertado todos mis sentidos y no solo eso. Con él me sentía totalmente libre de ser yo. Sólo que desconocía si volvería a verlo.

Durante los siguientes días no coincidimos. Creí que sólo se trataría de un encuentro breve que me había ayudado a avivar mi esencia y regresé a México sonriendo cada vez que lo traía a mi memoria. Pasaron algunos días, hasta que en una de mis redes sociales apareció dándole *like* a una de mis publicaciones y mandándome un mensaje directo preguntándome si podíamos cenar esa noche. Casi brinco de la emoción, o más bien dicho, brinqué y grité. Obviamente le dije que sí y de inmediato entré a *stalkearlo*. En sus redes aparecía como un hombre libre. Respiré aliviada.

La cena fue en su departamento, en cuanto abrió la puerta me recibió con una sonrisa:

—No he podido dejar de pensar en ti —me dijo viéndome a los ojos.

—Para ser sincera, yo tampoco.

—La noche que subimos al elevador tuve que contenerme para no besarte.

Sonreí.

—Yo no puedo recordar una sola palabra de lo que dijimos. Lo único que me viene a la mente es tu boca.

Después se acercó lentamente, milímetro a milímetro y me besó. Me besó mil veces. Lo que sentí fue magia pura, mi cuerpo comenzó a vibrar. Diego desabrochó mi blusa y se perdió en mí mientras yo descubría su virilidad erecta con mis manos. Poco a poco fuimos despojándonos de las ropas, mientras nuestras bocas descubrían nuestros sabores, para luego paladear, al mismo tiempo, las mieles de nuestros sexos. Con su tacto mi piel se convirtió en un territorio lleno de colores con distintas vibraciones que me conducía a mil paraísos nuevos. Nuestras respiraciones comenzaron a sincronizarse, cuando él inhalaba yo exhalaba y cuando yo exhalaba él inhalaba creando un circuito de energía que hechizaba. Yo estaba visitando la gloria cuando él me tomó de la cintura y me subió en él. Sentirlo dentro de mí fue como crear un nuevo universo. Con sus manos en mis nalgas empezó a marcar otro ritmo y los tambores y el fuego del centro de la tierra comenzaron a acompañarnos. No éramos dos, éramos uno y justo cuando logramos la fusión total alcanzamos juntos nuestro primer orgasmo. Un orgasmo pleno, íntimo, explosivo.

Después nos quedamos abrazados, nos cubrimos con una cobija. Luego, yaciendo desnudos en el mullido sillón de la sala, nos contamos los éxitos, los fracasos, los deseos, los miedos, las sonrisas, las heridas, y al compartirnos la vida, vino otro orgasmo, pero éste era uno que nacía del corazón.

Al poco tiempo me pidió que iniciáramos una relación. Por supuesto acepté y comenzamos a visitar nuestros mundos. Unos meses más tarde nos mudamos a vivir bajo un mismo techo. Finalmente había logrado construir lo que tanto anhelaba: un vínculo que podía vivir ante el mundo entero, que estaba bañado de amor y de pasión con un hombre libre.

Claro que lo nuestro dista mucho de ser perfecto, tenemos tantas similitudes como diferencias. Él también está viviendo su propio proceso, lleva más de dos años de divorciado y está en un camino de reconstrucción semejante al mío con su propio linaje. Conociendo nuestras historias, Diego decidió aceptarme como soy, yo decidí aceptarlo como es. Ambos coincidimos en el deseo de querer estar juntos y de encontrar la manera de crear magia entre nosotros en una relación en la que podemos compartir nuestras vidas imperfectas, pero compatibles.

Sin duda ha valido la pena todo por lo que he pasado para llegar a él, porque después de mucho trabajar en mí, de despertar mi consciencia y de conectarme con mi sexualidad sagrada, logré romper el karma de las parejas prohibidas y de los placeres ocultos.

Y la verdad es que no sé si se quedará para siempre en mi vida, no sé si él será el padre de esa niña que vibró tan cerca de mí, no sé qué nos tenga deparado el destino ni que decisiones tomemos más adelante, pero lo que sí sé es que nos amamos tanto como nos deseamos y que hoy, por convicción, seguimos juntos. Finalmente, la vida se va construyendo día a día, y hay que fluir y disfrutarla.

El adiós

Esther, Raquel y yo estábamos muy contentas de ver el rumbo que cada una de nuestras vidas estaba tomando, la sanación estaba activa y a las tres nos permitió seguir compartiendo momentos inolvidables llenos de intimidad, de risas, de placer, hasta que el alma de mi abuela decidió partir. Esther murió hace unos meses con una sonrisa en los labios y nos pidió echar sus cenizas al mar. No quería que le lloráramos en una cripta, deseaba que al ir a visitarla lleváramos una botella de tequilla y brindáramos agradecidas viendo el atardecer por haber coincidido en esta vida y por haber sido parte de un mismo linaje.

Su partida cimbró nuestros corazones, pero la paz llegó a nuestra alma al sentir su espíritu vibrar entre nosotras. Al igual que Yaya la visitó algún día, continuamente se aparece en forma de colibrí como un recordatorio que nos hace voltear a vernos a nosotras mismas y nos motiva a gritar juntas: "Un, dos, tres por mí y por todas mis compañeras".

Porque ahora lo sabemos:

**Todas somos las que fueron,
las que somos y las que seremos.**

Estar consciente de esto, llenó de sentido mi vida y le dio un por-qué y un para qué. Entendí que mis mujeres tuvieron que existir y ofrendarme su vida porque ahora:

**Yo soy la razón de la existencia
de todos mis antepasados.**

Y...

**Mi sanación es la sanación
de todas mis mujeres ancestrales
y de las mujeres que están por venir.**

Agradecimientos

Un mágico día de octubre asistí a un proceso de sanación y quien lo dirigía se acercó a mí, y convencida me dijo: "Escribe una historia con una mujer que se llame Esther". Hice silencio y me estremecí. Ese era el nombre de mi abuela materna, de la que poco conocía su historia. Solo sabía que había nacido en un pueblo y que, de pertenecer a una familia acomodada, de un día para otro lo había perdido todo y sin un peso en la bolsa había decidido venir a la Ciudad de México en busca de trabajo. Caminaba desolada cuando vio un letrero que decía "Estudia para enfermera y te damos comida y cuarto gratis". Siendo muy joven empezó a trabajar en una cárcel para hombres. Imaginar lo difícil que tuvo que haber sido para ella enfrentarse a ese mundo tan hostil fue una gran motivación para empezar el proceso creativo.

Salvo este hecho, todo lo demás es ficción, pero agradezco profundamente a su espíritu indomable haber sido la semilla que generó el deseo de escribir esta historia.

Gracias a Esther y, por supuesto, a todas mis mujeres ancestrales, incluyendo a mi madre Raquel, que me prestó su nombre para un personaje. A ellas también les dedico esta obra.

Gracias, Dan, por tu amor, tu apoyo y el no juicio a mis locuras.

Gracias, Andre, por esa mirada fresca y analítica que fue pieza fundamental para la elaboración de esta novela. Enriqueciste con tu visión la vida de estas cinco mujeres y me hiciste sentir tu amor con cada lectura.

Gracias, Roberto Banchick por abrirme de nuevo las puertas de Penguin Random House para seguir contando historias. Es algo invaluable para mí.

Gracias, David García Escamilla, por creer en mí y darme tu confianza en un momento de absoluta vulnerabilidad como escritora. Jamás lo olvidaré.

Gracias, Andrea Salcedo por tu apoyo; y a ti, Soraya Bello, por tu precisa edición y tu cálida compañía.

Gracias a todos esos seres de luz que me ayudaron a materializar a estas cinco mujeres, que cobraron vida y fueron compartiendo conmigo su destino.

Gracias, DIOS, por permitirme a través de las letras y las historias creadas conectar con otras almas.

Siempre abierta a establecer el diálogo contigo a través de mis redes:

Twitter: @marthacarrillo

Instagram: @marthacarrillop

"Universos" por Martha Carrillo en iHeartRadio, YouTube y Spotify.

Placeres ocultos de Martha Carrillo
se terminó de imprimir en el mes de abril de 2023
en los talleres de Diversidad Gráfica S.A. de C.V.
Privada de Av. 11 #1 Col. El Vergel, Iztapalapa,
C.P. 09880, Ciudad de México.